SALVADOR CASTRILLO

Rimes Romantiques

FAC ET SPERA

AL

PARIS

ALPHONSE LEMERRE, ÉDITEUR

23-31, PASSAGE CHOISEUL

NEW-YORK, 13, WEST, 24th STREET

—

M DCCC XCV

SALVADOR CASTRILLO

RIMES ROMANTIQUES

SALVADOR CASTRILLO

Rimes Romantiques

FAC ET SPERA

PARIS

ALPHONSE LEMERRE, ÉDITEUR

23-31, PASSAGE CHOISEUL

NEW-YORK, 13, WEST, 24th STREET

—

M DCCC XCV

PRÉFACE

ᴇꜱ vers de Salvador Castrillo méritaient d'être publiés. Ils ont une histoire et des plus curieuses. Ils sont l'œuvre d'un jeune homme dont la culture littéraire, très délicate et très précise, s'est faite totalement en dehors de nos humanités et de nos rhétoriques traditionnelles.

Ce jeune homme qui traduit en prosodie française et lamartinienne ses émotions, ses angoisses et ses espoirs, — la consonance exotique et harmonieuse de son nom l'indique —, n'est même pas Européen. Ce nom n'a pas encore paru sur la liste éphémère des poètes nouveaux.

Salvador Castrillo est un enfant de l'Amérique centrale. Il est né sur le bord des lacs de Nicaragua, à Managua, capitale de la République hispano-américaine. A seize ans, il ne connaissait que l'espagnol et suivait les cours du collège de Granada, métropole universitaire et commerciale du pays. Son père qui avait résolu de l'envoyer en Europe faire ses études de droit, lui fit enseigner les éléments du français. On sait comment on apprend une langue étrangère dans un collège, les deux coudes étayés d'un lexique et d'une syntaxe. La méthode ne saurait différer au Nouveau-Monde.

A dix-huit ans, Salvador Castrillo, suivant en cela les habitudes larges et hardies des Hispano-Américains, s'en vint seul à Paris.

Que devint-il, transporté brusquement de la terre chaude, luxuriante et dorée où s'était écoulée sa prime adolescence, sur le pavé gris et assourdissant de la grande capitale européenne? Ses vers le laisseront deviner sans doute. Mais ils ne nous expliqueraient pas, à eux seuls, le phénomène étrange dont ils sont à la fois le témoignage et la manifestation.

Quand je dis étrange, il conviendrait peut-être de m'expliquer. Nous nous imaginons trop aisément en Europe qu'il faut avoir maigri de longues années dans une ambiance intellectuelle comprise entre Paris et Athènes pour comprendre et surtout pour sentir le *fin du fin* de toutes les choses distinguées d'ici-bas. C'est une erreur. Et si l'on me permet une plaisanterie, je dirai que Virgile, sans cesser d'être latin, pourrait naître désormais aux pieds des Cordillères... sinon au Pérou!

Au lieu d'entamer le champ aride du droit à mesure que se perfectionnait et s'aiguisait en son esprit l'instrument intellectuel nécessaire à cette besogne : la connaissance de la langue française, Castrillo passa une année entière à lire nos poètes : Lamartine, Musset, etc.; il ne se fit pas grâce d'un hémistiche.

Puis, lorsque l'heure des souffrances intérieures et des premiers déchirements eut sonné, ne trouva pas d'autre expression à sa douleur que l'harmonieux français de la prosodie lamartinienne. Il pensait encore en espagnol, mais il souffrait désormais et pleurait en une langue hier ignorée et qui avait eu le don, par des affinités mystérieuses, de traduire les sentiments de son âme ou plutôt d'en être l'expression naturelle et insoupçonnée.

Pour expliquer cet extraordinaire phénomène d'assimiliation, il faudrait, avant d'entrer dans l'âme de notre poète, connaître un peu les circonstances lointaines qui présidèrent à sa formation intellectuelle et morale.

Le Nicaragua, la plus considérable des cinq républiques de l'Amérique centrale, fut, dit Elisée Reclus, « l'un des points pivotaux de l'histoire du Nouveau-Monde ».

Lorsque la race latine débarqua, des caravelles de Christophe Colomb, sur le cap de *Gracias à Dios*, en 1503, elle se trouva en face de l'ancienne civilisation américaine dont le Nicaragua était l'un des centres les plus actifs.

La race aztèque, débordant du Mexique et maîtresse déjà du Guatemala, du Honduras et du Salvador, avait depuis longtemps peuplé, après en avoir chassé leurs anciens

possesseurs, les hauteurs de ce grand quadri-
latère irrégulier dont le Pacifique et l'Atlantique baignent les flancs. Elle changea son
nom primitif de « Nahuna » en celui de
« Nicarao » et transporta avec elle sur le
sol du futur Nicaragua la luxueuse et puissante civilisation mexicaine. De toutes parts
s'élevèrent des statues et des temples aux
invraisemblables dimensions. Cependant sous
ces apparences de force se dissimulait une
faiblesse superstitieuse et une passivité dont
cette race devait un jour, en se laissant à son
tour traquer sans résistance par une poignée
d'Européens et littéralement raturer du sol
conquis, donner l'étrange spectacle.

Les Espagnols eurent tôt fait de briser les
dieux d'or de ces indiens affinés et très doux.
Il ne resta pas debout une pierre; mais le
sang indien et le sang latin se confondirent.
Les deux races produisirent un type éner-

gique et délicat qui subsiste encore dans son intégrité et qui est appelé à occuper une place prépondérante dans l'histoire des futures civilisations.

Ce type, le *ladino*, n'a rien de commun avec le type *yankee*. Sans doute, dès l'origine, ce fut la même race, échelonnée le long des deux Amériques et dont le climat et des influences purement extérieures créèrent les diversités. Mais avec l'infusion des deux sangs européens : l'anglais et l'espagnol, le latin au centre et dans le sud, le saxon au nord, et surtout avec ces nouvelles affinités naturelles poussées bientôt par la civilisation à leur extrême développement, la séparation inévitable se fit. Aujourd'hui les deux races américaines sont réellement impénétrables l'une par l'autre. Tout les sépare : le sang qui coule dans leurs veines, leurs mœurs, un idéal politique différent. L'une est nerveuse, imaginative, brillante ; l'autre est lourde, froide et positive ; la violence d'un côté, la ténacité de l'autre ; la tyrannie de l'idée opposée à l'indifférence intellectuelle ; la superbe et grandiloquente attitude du *conquistador* en face de la vulgaire et basse tenue du charcutier de Chicago.

Tout les sépare et rien ne les réunit. C'est en effet un bien mince lien politique et moral que celui qui s'établit entre deux races ou deux peuples par le seul appétit que l'un éprouve à dévorer l'autre. Quelques *yankees* songent peut-être à résoudre cette contradiction ; c'est le dernier souci des hispanos-américains. Leurs impertinentes et dédaigneuses façons vis-à-vis d'adversaires vingt fois plus forts en sont une preuve significative. Les esprits d'élite qui veillent sur l'Amérique centrale et gardent à la race latine son idéal politique, ont conscience de son importance et de sa supériorité. Ne sommes-nous pas, nous, peuples de l'Europe méridionale et surtout français, le vivant exemple, le type humain sur lequel ils modèlent pour ainsi dire leur effort ?

Un jour que je déjeunais en compagnie de notre auteur et de mon ami, M. Aristide Bergès, un ancien ingénieur de Panama épris jusqu'à la passion de l'Amérique latine, de ses mœurs politiques et de sa liberté, Salvador Castrillo nous expliqua longuement comment et pourquoi, étranger à New-York, il se trouvait presque chez lui à Paris.

Je compris alors qu'annexe de l'Europe, l'Amérique, tout comme notre vieux continent, est disputée par deux civilisations différentes, la civilisation saxonne au Nord et la civilisation latine au Centre et dans le Sud. Et l'enfant de l'Amérique centrale nous apparaissait bien, avec son parler fin et précis, son regard noir et sa sveltesse robuste, comme le représentant parfait de cette dernière civilisation, si proche de la nôtre quoique si lointaine ; et je comprenais peu à peu, à mesure que les paroles très lentes tombaient de ses lèvres perplexes, comment, sans mystère impénétrable, il avait pu faire sienne une langue inconnue, mais sœur de la langue latine qu'il avait tout d'abord parlée.

Et, pour le constater en passant, il manie, ma foi, fort bien sa nouvelle langue. Le mot précis et juste arrive toujours sur ses lèvres après un imperceptible effort. Cet effort dont on ne s'aperçoit guère, n'en contribue que mieux à fixer chaque mot à sa place, comme en un cadre exact où l'idée se détermine parfaitement, à lui donner, pour tout dire, une force qui résulte précisément de la tension intellectuelle d'où est sorti son choix, sa place et sa portée.

Si, des lacs du Centre-Amérique, Castrillo eut porté ses pas sur les bords de la
Tamise ou de la Sprée, et qu'au lieu d'étudier
la coutume anglaise ou le Droit prussien, il
eut dévoré Biron, Sheakspeare, Gœthe et
Schiller, les réelles Dorothées ou les idéales
Ophélies eussent pu exercer son cœur avec
succès peut-être, mais il n'eut pas pleuré
dans la langue de Child-Harold.

C'est qu'avant de prendre place sur le
moindre transatlantique, l'Américain du Nicaragua, était *latin* et que sa seconde patrie,
l'Europe méridionale, était plus proche de
ses lacs et de ses pampas, malgré des milliers de lieues, que les Etats-Unis dont il
n'était séparé que par le Mexique, ce bou-
levard de l'Amérique latine contre la poussée
saxonne et yankee.

Je dis latin ou, si vous préférez : *ladino*.
Le « ladino », de l'Amérique centrale, comme

je viens de l'expliquer, n'est-il pas bien, en effet, et par excellenee, l'américain intelligent et raffiné, le confluent humain des deux races venues sans doute de loin, l'une vers l'autre, mais point cependant des deux bouts de l'humanité ni de la terre ! Et combien de fois n'ai-je pas reconnu sous l'impatience nerveuse ou l'ironique timidité de Castrillo, les caractères saillants des diversités morales dont il est fait : l'ardeur ancestrale largement corrigée par le libéralisme européen, l'indolence tropicale qui est là-bas le revers d'une intermittente énergie, relevée par notre persévérance pratique et notre calme volonté. Timide et ironique, jetant un regard de précaution et de crainte sur nos mœurs et nos idées, puis, souriant de lui-même et de nous, après être descendu au fond de notre vie et en avoir aisément fait le tour : timidité qui recouvre une assurance parfaite, ironie où il y a déjà de la domination.

Mais parlons un peu du Nicaragua, de cette « clef du bosphore occidental, » comme l'appela si heureusement Napoléon III ; de cette République qui a produit des hommes d'Etat aussi intègres et aussi simples de mœurs que Francisco-Xavier Médina et Modesto Barrios.

Salvador Castrillo m'excusera, je l'espère, si j'embroussaille son œuvre d'une préface si longue et cette préface d'une digression inattendue.

Mais après ce rapide aperçu ethnographique, un peu de politique et d'histoire s'impose là où le moindre grain d'art ferait bien mieux l'affaire des amis de notre poète, qui me font l'honneur de me lire. Au reste, après la Terre, l'Ame viendra.

Le Nicaragua forme avec les républiques de Guatemala, Salvador, Honduras et Costa-Rica ce qu'il est convenu d'appeler les Indes-Occidentales ou l'ancienne confédération de l'Amérique du Centre. En 1823, ces colonies espagnoles s'affranchirent d'un commun effort du joug de la mère-patrie. Mais l'alliance qui s'en suivit fut dissoute en 1839 et depuis, chacune d'elle est restée autonome.

Cependant, en 1855, la ligue des cinq Etats se fit de nouveau, mais sur les champs de bataille. C'est à Rivas, dans le Nicaragua, que se décida, deux ans après, le sort du Nouveau-Monde et que la prépondérence politique des Etats-Unis s'établit définitivement. Les Etats à esclaves, effrayés des progrès et de la puissance naissante des Américains du Nord, voulurent, pour rétablir l'équilibre menacé, restaurer le grand empire indien. Mais le centre américain refusa de s'associer à la cause esclavagiste, non point qu'il fit des vœux pour les Etats libres, mais parce qu'il y eut certainement sacrifié son autonomie et son indépendance, quelqu'eût été le résultat de ce gigantesque duel. Grâce à l'abstention du centre, les esclavagistes furent vaincus et Washington devint la capitale redoutable de la confédération victorieuse. Mais grâce aussi à cette abstention, la République du Nicaragua et ses voisines de l'isthme américain se sont préservées de la déchéance morale qui a frappé les républiques du Sud.

Elles vivent aujourd'hui paisiblement, elles développent leurs richesses et attendent le jour où le Pacifique et l'Atlantique ayant confondu leurs eaux, elles deviendront la grande voie occidentale du monde, pour se confédérer de nouveau et définitivement et prendre, entre les néo-saxons ambitieux et

les néo-latins dégénérés, la grande place politique que la destinée leur réserve.

Ce jour-là, l'Union des républiques cen-
trales devra se faire sous les auspices de la
plus forte, de la plus sage et de la plus riche
d'entre elles, celle du Nicaragua, qui est, du
reste, la maîtresse historique de l'isthme, —
sinon le Sud et le Nord se lèveront une fois
encore pour la conquête d'une proie facile
et viendront se livrer un dernier assaut sur
le bord des grands lacs, à l'ombre des Cor-
dillières ou dans les merveilleuses vallées du
Ségovie et du San Juan.

Pendant ce temps-là, si les Etats-Unis n'y
mettent point le hôla — et s'ils l'y mettent,
le résultat sera le même — un troisième
larron, un larron expérimenté et qui n'en
est certes pas à son coup d'essai, surgira et
s'emparera de l'âne c'est-à-dire du canal, quel
qu'il soit : Panama ou Nicaragua.

On le connaît, ce larron, dans la petite république. Il débarquait, il n'y a pas long-temps, à Corinto. Sa spécialité est de courir sus à tous les peuples isolés chez lesquels des troubles se produisent. Un sien compatriote, voyageur de commerce ou matelot, a toujours reçu des coups dans la bagarre.

Des coups ? Aussitôt la toute puissante Angleterre se lève ; un bâtiment apparaît à l'horizon avec son panache de fumée sur les flots bleus.

Elle a rôdé longtemps dans la mer des Caraïbes, le long de la côte des Mosquitos. Bluefields ayant su résister à ses tentatives d'installation et n'offrant du reste pas à ses opérations de corsaire une base d'action suf-fisante, elle serait bien aise de mettre la main sur Corinto. Malheureusement pour elle, le Nicaragua a payé à la rôdeuse les quelques dollars qu'il lui devait et tout prétexte d'ingérance et de main-mise lui étant retiré, elle a vidé à regret les lieux, en espérant bien toutefois y revenir.

Un joli mot, à ce propos. Un jour, trois anglais de Londres qui s'ennuyaient ici-bas, débarquèrent à Corinto.

— Nous venons au Nicaragua pour voir une révolution, déclarèrent-t-ils paisiblement sur le pont du bateau à Salvador Castrillo qui avait fait un bout de voyage avec eux sur le Pacifique.

— Ah ! Très bien, reprit ironiquement mon ami le poète. Mais vous feriez mieux, je crois, d'aller à Haïti ou de retourner à Colon. Ici, vous attendriez trop longtemps peut-être le lever du rideau. Nous jouons rarement la pièce, car nous savons qui a l'habitude d'encaisser la recette.

Quoi qu'on ait pu dire, le droit politique est aujourd'hui une très grande force. Une

Confédération des républiques du centre, sous la présidence du Nicaragua, pourrait, forte de son droit et de sa correction politique, braver pacifiquement et à la face du monde, les convoitises des Etats-Unis et celles de l'Angleterre, à la condition, bien entendu, qu'elle ne donnât point aux financiers cosmospolites hypothèque sur son propre territoire.

C'est là, sans doute, un rêve à longue réalisation, mais à réalisation certaine. Les vœux de l'Europe latine sont, bien entendu, en faveur d'une race qu'elle s'est assimilée.

Car on peut dire justement, en généralisant la remarque d'un illustre observateur, que les Latins, malgré les premières fautes des Espagnols, s'assimilent les races, tandis que les Saxons les détruisent. Ne l'avons-nous pas vu sur tous les points de la terre ? L'égoïsme anglais ne civilise-t-il pas avec la poudre, l'alcool et l'opium ? La sympathie française, au contraire, après avoir policé une race ne recueille ordinairement qu'un simple bénéfice moral de la douceur de son effort.

Je le disais tout à l'heure : de la fusion de la vieille race américaine et du sang espagnol, il est résulté un type spécial qui a les plus grandes analogies avec le type latin, et j'ajoutais que notre poète en était un vivant exemple. Qu'il me pardonne de l'avoir pris ici pour preuve d'une thèse ethnographique, dont il a bien voulu, du reste, me fournir lui-même les éléments, de concert avec M. Aristide Bergès, notre ami commun, et l'un des observateurs les plus fins et les plus précis que je connaisse.

Il est certain qu'il y a plus de rêve, plus d'indolence et plus d'orgueil sous le ciel énervant et magnifique où fument les cra-

tères des Cordillères que dans nos plaines
grises et tempérées; mais, enfin, beaucoup
de nos qualités sont communes et beaucoup
de nos défauts sont partagés. Là-bas, comme
ici, c'est une même générosité inconsciente,
un même amour, jaloux et susceptible, de la
liberté. Les Hispano-Américains ont, de plus
que nous, les passions profondes et exclusi-
ves ; les soucis d'amour hantent douloureu-
sement les jeunes cerveaux. Mais on peut
dire qu'un peu plus tard la politique les hante
peut-être davantage. Et je vois encore Castrillo nous racontant, avec des yeux pleins
de sourires, l'accueil qui lui fut fait, à sa
sortie de collège, dans une maison amie où,
bambin, il avait fréquenté.

Une belle jeune fille, avec laquelle il avait,
jadis, joué au petit mari, lui demanda à
brûle-pourpoint, avant de l'accueillir :

— De quel parti es-tu?

Le père de Castrillo, un des hommes les plus considérés du parti conservateur dans la petite république et qui a, du reste, occupé à différentes reprises le pouvoir, était momentanément retiré de la politique, par suite du triomphe des radicaux. Castrillo, qui débarquait à peine des bancs du collège, n'avait point encore songé à la question. La belle fit alors comprendre qu'il pouvait rester chez lui, qu'une jeune personne ne dansait pas avec un adversaire politique !

Mais il est temps, je crois, de sortir de considérations qui prouvent toujours moins sans doute qu'on ne le prétend et de dire, — puisque je viens de parler de la jeune fille avec laquelle Salvador Castrillo joua au petit mari — comment mon ami devint poète. Car poète, il l'était, sinon versificateur avant d'avoir lu Lamartine.

Il le fut d'abord par sa mère, morte jeune, âme ardente et créature très belle. Combien de fois, — l'ironie dont il enveloppait toute chose, subitement tombée de son visage et de ses lèvres —, ne m'a-t-il pas parlé de cette mère, dont « les yeux bleus étaient pleins de mystérieuse tendresse », de cette mère dont les baisers avaient fait son âme !

Pauvre Castrillo ! Quand il rentra en Amérique après une première absence de cinq ans, elle n'était plus là...

Sa mère ! Il avait pour elle un culte charmant, à faire sourire; un culte ardent, à faire pleurer; il portait ce cher souvenir dans les profondeurs intimes de son âme et y recourait avec des larmes aux heures de lassitude et de découragement. Il ne m'en parlait pas longuement, mais il m'en parlait beaucoup. Ses silences subits, mieux encore que ses paroles, m'évoquaient une âme, des tendresses, des regards et des dévouements dont nul ne dira jamais la profondeur et la bonté.

Dans nos interminables causeries des soirs d'été, sur les quais, où nous flânions sans sommeil à la lueur des becs de gaz et des étoiles, l'âme de sa mère était au milieu de nous. Elle était évoquée, allait et venait, traversait nos discussions de son apaisante image et me paraissait ressuscitée et immortelle dans le cœur de son pauvre enfant.

De combien d'abîmes ne nous retirait-elle pas, alors que notre imparfaite raison, avivée par de troublants problèmes, sentait le vertige s'emparer d'elle ! Après bien des détours, nous convenions que sa bonté absolue était la raison, était la vérité. Et le mot de Dumas père, dans *Joseph Balsamo*, nous servait de conclusion, de preuve par l'absurde et par le mal.

« — Est-ce que les œuvres de Rousseau lui ont coûté beaucoup?

« — Beaucoup plus que tout ce qu'on peut imaginer : elles lui ont coûté son innocence. »

Sa mère! Elle était bonne, elle était belle. Il me le disait avec enthousiasme : « elle fut la plus belle ». Et je songeais encore au quatrain du *Saule*, de Musset : »

On a dit qu'elle a seize ans. Elle est Américaine.
Mais, dans ce beau pays, dont elle parle à peine,
Jamais deux yeux plus doux n'ont, du ciel le plus pur,
Sondé la profondeur et réfléchi l'azur.

Une autre mère, immortelle celle-là, et indifférente seulement pour ceux qui ne savent pas l'aimer, la Nature, l'initia de bonne heure à ses silencieuses et douces leçons. Pour la montagne et la forêt, parcourues à cheval, Salvador Castrillo désertait le salon où l'on danse, cause et joue sous les auspices

de la Politique, une maîtresse de maison
dont il prisait peu les bonnes grâces.

Les raisons, les tendresses, les tristesses,
les mystères des choses l'intéressaient davantage, C'est qu'elle est vraiment salutaire, la
Nature de là-bas, avec ses matinées fraîches,
ses paysages mouillés, ruisselants de dia-
mants, pleins d'oiseaux inconnus qui chan-
tent dès le lever du jour ; et royale, avec la
couleur dorée de la terre, la couleur chaude
et puissante qui tombe du ciel dans une apo-
théose de rayons ; et rêveuse, avec ses cré-
puscules aveuglés de brouillards d'or, dans la
poussière desquels le vieux soleil expire, ses
mirages du soir, *celajes* pâlissants et violets
où les arbres, la terre, les eaux reflètent les
nuances infinies d'un prisme céleste.

La nature ! nerveuse comme l'homme,
brillante et mobile comme lui ! Elle aussi a

façonné l'âme de notre poète et lui a transmis
sa fraîcheur et sa générosité.

J'ai souvent fait en rêve, à la suite des récits de Castrillo, le voyage de la capitale à la
Sierra de Managua sur les flancs de laquelle
la *hacienda* — plantation de café — de son
père est située.

Nous partions par une matinée jolie, et à
cheval. Le chemin a quinze kilomètres ; il est
large et bordé d'arbres géants, *ceibas* touffus
qui nous arrosaient de leur ombre très fraîche. Nous longions de petits lacs aux berges
verdoyantes. Puis, nous étions dans la Sierra,
chevauchant par des sentiers montueux, frô-
lant des précipices au fond desquels s'ou-
vraient de vieux cratères éteints : abîmes
vertigineux où stagnaient éternellement des
flaques d'eau glauques et bleues.

La *hacienda* apparaissait enfin, développée

à l'infini dans les ravins, sur les versants et dominée par un petit plateau où s'élevait *Las Delicias,* la maison du maître, autour de laquelle se groupaient les cases des Indiens.

Nous nous reposions une journée entière, amusés du va et vient des gens occupés à la récolte; des jeunes filles, curieuses, rieuses, naïves, vêtues de légères étoffes blanches, et qui nous jetaient à la dérobée, des regards ironiques et inquiets. Nous regardions les bœufs tourner sans fin autour des meules qui broyaient la pulpe rouge du café.

Le lendemain, dès l'aube, on sellait nos montures pour la tournée de la *hacienda.* Castrillo me précédait. Nous longions les flancs des ravins par de petits sentiers battus. L'ombre des grands arbres nous enveloppait.

Abrités sous des futaies profondes dont les bois empanachés semblaient de larges piliers d'église, les milliers de caféiers mûrissaient leurs fruits et se chargeaient d'arômes précieux dans le recueillement splendide de l'été. Les parfums d'où les glorieux rêves futurs devaient éclore pour le ciel bleu, à travers la fumée des cigares, les dorures et les glaces des cafés, s'amassaient lentement dans l'ombre. L'humble et secret travail de la terre préparait l'*idéal* de demain.

Nous nous égarions quelquefois volontairement, avec l'innocente arrière-pensée de nous faire ramener dans le sentier battu, par quelque jolie indienne qui nous aurait préalablement offert une tranche de pastèque ou de l'eau fraîche dans sa case.

Comment, je vous le demande, Castrillo eut-il fait pour ne point devenir poète à *Las Delicias*? Ne savons-nous pas qu'outre les caresses de la Nature, il en est d'autres plus propices encore aux profondes et puériles floraisons de l'âme des enfants?

Le soir, rentrés à *Las Delicias*, à l'heure du crépuscule, nous assistions du balcon de la villa à la kermesse indienne. Là-bas, dans le miroir lointain du Pacifique, le soleil se couchait en son linceul d'or. La mer infinie frissonnait, incendiée. La forêt, n'entendant plus parler l'homme, se mettait à causer ; mille voix inconnues, hésitantes, mélancoliques, montaient de son sein ; et c'était une rumeur immense et silencieuse dans la nuit pleine d'étoiles.

Les cases de paille et de bambou s'alignaient à l'extrémité de la cour dallée ; des guirlandes de feux couraient d'un bout à l'autre de ce petit faubourg forain improvisé pour la saison de la récolte qui dure trois mois. Un bal était prêt ; les guitares, accordées. Et bien souvent, après notre repas, une délégation des plus jolies fillettes, vêtues de blanc, montaient nous inviter à la fête. Nous faisions descendre, — très dignes en vérité, car le maître, hélas, ne doit point trop sourire —, des rafraichissements et de petits gâteaux. Nous n'en pensions pas moins !

Et Castrillo me disait :

— Voyez la différence ! Même dans des prosmicuités malheureuses, celles-ci restent innocentes, — car, ajoutait-il, jusque là-dedans se glisse de l'idéal —, tandis que là-bas dans les salons de la capitale, sous les regards de leurs mères... il en est sans doute de même pour les autres ! Un jour, l'une de ces dernières me prit à part et sans préambule me demanda :

— Est-ce que vous dites tout à votre mère ?

— Absolument tout !

— Eh bien, moi, si j'avais un amoureux (un *novio*) je ne le dirais pas à la mienne !

Toutes les Indiennes et Hispano-Américaines ne sont point sans doute des temples vivants de beauté. Cependant, l'insouciance de la vie et une spirituelle frivolité, que la femme mariée, il faut le dire, dépose au seuil de la maison conjugale, impriment à chacune un charme quelconque, éphémère, il est vrai, mais très vif. Cette beauté, précoce et brillante, ne dure point.

La race humaine ressemble sous tous les climats à la nature qui l'entoure, la protège et la nourrit. Sous les chênes de l'Europe, l'homme devient robuste et se fait vieux. Au pays des palmiers et des flexibles bambous, il croît, se développe et meurt rapidement. On dirait que la terre humide et chaude a hâte, dans sa fièvre d'enfantement, de résober cette vie nerveuse pour la concevoir de nouveau et l'enfanter en des spasmes de voluptés et de douleurs.

Cependant c'est surtout aux Indiens que s'applique avec précision cette correspondance physiologique. Les vieillards sont rares chez eux. Aussi les romanciers américains qui ont fait verser tant de larmes sur le sort de leurs jeunes héroïnes de couleur, amoureuses et délaissées, ne les ont-ils point condamnées à mourir poitrinaires, comme nos élégiaques du commencement de ce siècle n'y eussent pas manqué. Non, la mort libératrice est arrivée parce que c'était son heure. Le roseau flexible, charriant dans ses moelles légères une sève abondante mais vite épuisée, est mort à la fin de la saison.

L'apport de sang européen dans les veines aztèques a, il est vrai, profondément modifié la race. Elle l'a, pour ainsi dire, vacciné contre les impatiences de la nature. L'Hisano-Américain est robuste et vit longtemps.

e poète me parlait un jour de l'épée de fer

dont se servit son grand-père dans la guerre contre les flibustiers. « Il la faisait voltiger dans ses mains comme un fleuret et c'est à peine si je puis la manier. »

Puisque les transitions capricieuses de cette causerie me font passer, des jeunes indiennes récoltant le café, tout en exerçant contre nous leurs merveilleuses petites armes féminines, à l'épée de fer de l'aïeul de Castrillo, j'en profiterai pour rappeler que c'est avec l'épée qu'ont été combattues les grandes guerres américaines.

C'est avec l'épée que, dans la guerre de l'Indépendance, Bolivar, — se vengeant enfin, dit la légende, de la pierre que lui lança un jour à la tête, le jeune Ferdinand VII, dans le collège espagnol où ils étaient élevés tous les deux —, que Bolivar, dis-je, souleva le Sud ; et, par l'épée que les Espagnols se virent, après des luttes héroïques, dépossédés de leurs vieilles conquêtes ; par l'épée aussi que l'aïeul maternel de Castrillo, Guzman, président de la République du Salvador, intervint dans la guerre civile que la récente émancipation alluma dans l'Amérique centrale.

Mais les lourdes rapières de fer avec lesquelles l'Amérique du centre poursuivit dans le dos, en 1854, les flibustiers du Nord, et l'Amérique du Sud, les Espagnols, un quart de siècle auparavant, ont été remplacées depuis. De même que jadis l'épée ne quittait pas le flanc des *conquistadors,* le revolver ne quitte plus aujourd'hui la ceinture de leurs descendants. Cette arme, américaine par excellence, joue dans la vie politique un rôle prépondérant et tient une respectable place dans la vie privée.

Un orateur sérieux, me disait dernièrement

Castrillo, ne prononce pas de discours politiques importants sans son revolver à la tribune, près de son verre de grog, et à portée de sa main.

Et il ajoutait en riant :

Les amoureux eux-mêmes n'accompagnent pas leurs *novias* à la promenade sans cet objet de première nécessité. Vont-ils s'ébattre, pour une vesprée, dans la campagne familière, au bord d'un lac bordé de foins verts ? Dans la sacoche ou simplement le mouchoir à carreau retenu par les quatre bouts, il a sa place à côté du lunch. Ouvrez : des gâteaux, des fruits et un revolver !

C'est que cette race pousse jusqu'au ridicule parfois l'imagination tragique qui est le trait dominant de son caractère. Ce revolver écrasant des fruits dans un goûter champêtre est plus qu'un symbole, c'est une synthèse. Sous le ciel énervant de l'Amérique centrale, au milieu de ce paradis de Mahomet des conquérants espagnols, dans les fleurs grasses et les fruits innombrables et délicieux de son sol, l'homme est inquiet. Son œil est perpétuellement à l'affût de la tragédie mystérieuse, son oreille se dresse à d'imaginaires provocations. Il marche dans la vie comme un héros ou un conspirateur sur la scène. Il est tout imagination d'abord, tout action ensuite : imagination et action aussi ardentes et aussi redoutables l'une que l'autre.

— Jean-Jacques Rousseau fut devenu négrier là-bas, me disait un autre jour, avec son inépuisable verve d'idées et de mots, Salvador Castrillo. Chez-moi, le rêveur stérile qui ne réalise pas son rêve, qui se contente de le concevoir sans se donner la peine de l'enfanter jamais, n'est considéré que comme une *chose*. Pour nous, l'analyse de la vie, c'est de la vie perdue. Il est vrai que toute action

est bonne pourvu qu'elle soit action véritable. Les vieux politiciens, les révolutionnai-
res, les exilés, retour dans la petite patrie,
racontent leur vie comme un général, ses ba-
tailles et ses victoires.

Tous agissent, jusqu'aux poètes! Il convient
de dire que le vrai poète américain est toujours un poète politique : Tirthée qui chante
après l'amour la guerre, et la guerre civile,
bien entendu, car l'Amérique qui se bat,
contre qui se bat elle ?

Mais là encore, la tragédie de la terre
donne l'exemple à la tragédie humaine. Les
vallées pleines de fleurs et de fruits s'éten-
dent au pied des Sierras fumantes, de ces
hautes Sierras qui évoquent l'image d'énor-
mes bêtes féroces accroupies dans un redoutable demi repos, grognant d'une colère
éternelle, poussant quelquefois des rugisse-
ments de laves et vomissant tout à coup dans

un ciel magnifique, royal et bleu, des torrents de cendres qui font subitement la nuit et ensevelissent dans un linceul brûlant la terre, les bois, les eaux.

Ce sont là *Les Raisons du Momotombo !*

Au fait, où en suis-je ? J'avais voulu rechercher dans les yeux noirs des Hispano-Américaines la genèse poétique de mon ami et me voici, au pied d'un volcan, égaré dans une inextricable forêt vierge de réflexions, d'anecdotes et de philosophie. J'ai pour excuse d'avoir marché dans la Nature qui m'a fatalement conduit de *Las Delicias* aux cratères qui longent le Pacifique de leur chapelet de feu. O nature ! o humanité !

Mais coupons au plus court, et concluons vite de ces éléments embroussaillés, complexes et quelquefois contradictoires, mais

bien suggestifs en tous cas, que l'âme de
notre poète a de qui et de quoi tenir. Elle
connaît, cette âme, les « correspondances »
que Beaudelaire chantait :

> La nature est un temple où de vivants piliers
> Laissent parfois sortir de confuses paroles.
> L'homme y marche à travers des forêts de symboles
> Qui l'observent avec des regards familliers.

Elle a engagé avec les belles choses d'ici-
bas un dialogue passionné. Et avec qui cau-
serait-elle, notre âme ? L'homme n'est pas
bon, ou, s'il a encore dans les débris de son
existence, des vestiges de bonté, il les dissi-
mule avec soin, j'allais dire avec coqueterie.
L'homme n'est pas bon et la vérité est aus-
tère. Les âmes faibles des poètes qui devraient
être des âmes de saints, se réfugient dans ce
qu'il y a de meilleur ici-bas après le bien, dans
l'amour innocent mais puéril de la nature, de

la belle nature immortelle, pleine de lumière, de parfums et de chansons.

Les âmes des poètes causent aussi avec les yeux des jeunes filles. Salvador Castrillo qui est plein d'indulgence pour la plus jeune moitié de la plus belle moitié de l'humanité, prétend que le dogme de Rousseau sur la bonté native est vrai en ce qui concerne la femme. Il rejette sur l'homme, avec une galanterie aussi généreuse que paradoxale, la responsabilité de toutes les vilaines choses d'ici-bas.

Il faut cependant qu'au nom même de mon ami, je proteste contre lui-même et contre les apparences de sa pensée. Au reste il y a pourvu. A l'heure où il ignorait qu'un jour ses frères, vêtus de noir, viendraient l'attendre sur le quai de Corinto et qu'il tomberait en pleurant dans leurs bras, sans proférer une parole, il avait déjà pris sa mère à témoin de la vanité de son paradoxe :

Quand bientôt je viendrai mourant, ma chérie,
Retomber dans tes bras qui ne m'ont plus pressé,
Tu liras tristement sur ma face amaigrie
     Tout ce qui s'est passé.

Qu'importe les mauvaises choses passées ! Beaucoup de bons évènements intérieurs se sont accomplis. J'avais promis de descendre dans l'âme de mon poète après avoir parlé de la terre et des souriantes choses qui l'ont amusé.

Je ne tiendrai qu'à demi ma parole, car il faudrait peut-être trop effacer de lignes dans ce qui précède, et faucher bien des fleurs pour faire place aux larmes cachées sous les sourires, aux inquiétudes fiévreuses que dissimulent les ironies. C'est que mon ami ne croit plus guère à ce qu'il a chanté. Je me hâte de dire qu'il croit à des choses meilleures. Je ne me glorifierai certes pas d'avoir contribué à ce progrès, bien que je me souvienne d'avoir si brutalement marché dans le champ de ses dernières illusions fleuries qu'il en esquissait des gestes de douleur.

Mais à mesure qu'il sonde le néant de son premier rêve, il hausse son cœur vers un autre idéal. Et la *Flèche* du poète espagnol Becquer, qu'il compare à sa vie errante, se fixera un jour, peut-être, dans quelque but divin.

> Flèche qui vole et passe, dard
> Qui va comme lancé au hasard,
> Sans qu'on puisse deviner
> Où en tremblant il ira se fixer.....
>   C'est moi (1).

---

(1) Zaeta que voladora,
   Cruza arrojada al hazar,
   Sin adivinarze en donde,
   Temblando se clavara,
       Eso soy yo.

Je suis bien rassuré, pour ma part, sur le sort de cette âme ardente, inquiète et voyageuse. L'orgueilleux Gœthe, lui-même, a pu dire : « Celui qui n'a pas passé des nuits entières à pleurer et qui n'a pas pendant des jours mangé son pain trempé de ses larmes, celui-là ne t'a pas connue, ô puissance divine. » Mon ami très cher a connu la puissance divine du malheur. De retour dans son pays, il pourra réciter encore les vers de ce Becquer qu'il aime tant :

Reviendront les anciennes hirondelles,.
A ton balcon, suspendre leurs nids.
Et, encore une fois, à tes vitraux, leurs ailes,
    En jouant t'appelleront ;

Mais celles-là qui arrêtaient leur vol,
Pour contempler ta beauté et mon bonheur,
    Celles-là ne reviendront plus.

Mais qu'importe ; il est d'autres beautés et d'autres bonheurs. Et, tout d'abord, quelle

mystérieuse et surhumaine satisfaction éga-
lera jamais celle d'avoir été vaincu dans un
premier rêve?

Je voudrais, pressé par le temps qui ne me
permet pas de sertir mes anecdotes et mes
citations, jeter du moins pêle-mêle à la fin
de ces quelques pages, après ma poignée de
sel sur des blessures, quelques mots délicieux, car mon ami est un merveilleux cau-
seur. Il joint la tendresse sarcastique de Heine
et la fantaisie capricieuse de Musset au
romantisme ingénieux d'Edgard Poë. Mais je
n'ai pas de mémoire. Je me souviens d'avoir
ri aux larmes et de m'être attendri. Mais
l'humble physionomie des choses par lesquelles rêves et larmes ont ensemble éclaté,
a disparu.

L'idée a revêtu un synonyme. Le pli des
lèvres s'est effacé. Et c'est en vain que je vous

conterais, par exemple, les pélerinages de Castrillo à Clarens et à Ferney, par une pluie battante, avec un gendarme à ses trousses, ou les vingt kilomètres parcourus à cheval dans la sierra de Managua avec l'idée fixe d'aller prendre, dans la bibliothèque d'un ami absent de sa *hacienda,* la *Chute d'un ange* de Lamartine.

Comment encore retrouver l'inimitable accent de sarcasme avec lequel il me récitait dans un demi-sourire cette phrase célèbre du *Raphaël* de son poète préféré : « s'il était né dans une de ces républiques antiques où l'homme se développait tout entier dans la vie et dans la liberté comme l'enfant sans ligature dans l'air libre, il aurait aspiré à tous les sommets comme César, il aurait parlé comme Démosthène et serait mort comme Caton ! »

Encore une fois, me rappellerai-je toutes les charmantes causeries dont il me récréait à la terrasse des cafés où les pauvres jeunes gens sans intérieur dînent, causent, se reposent, reçoivent leurs amis. Elles en valaient bien d'autres. Bergès, non plus, n'a point sans doute souvenance de tous ces mots pleins de finesse et d'humour que Salvador Castrillo laissait tomber de ses lèvres perpétuellement trempées dans le cognac parfumé, cher aux Hispano-Américains.

Mais l'éternel sujet revenait souvent sur le tapis. Notre ami s'y montrait toujours de première force. « Ah! la femme... » concluait-il avec de spirituelles, de savantes, d'intraduisibles inflexions de voix. « ... Les vôtres... mais là-bas... Et il nous contait les flirts indolents, les libertés délicieuses, les attachements très purs, très discrets, mais indissolubles... quand la politique ne s'en mêlait pas : les bois de bambous, les clairières argentées, les grands arbres luxuriants et fleuris... Nous y serions encore.

La conversation prenait parfois un tour très vif entre Bergès, qui tombait à bras raccourcis sur tel parti politique, et Castrillo qui — bien que poète et bien qu'Américain — expliquait ses exagérations et ses violences par les circonstances, les caractères et les nécessités!

J'en profitais pour prendre, de ci, de là, quelques notes sur le manuscrit du poète. Et tout d'abord je remarquais combien, à valeur littéraire égale, ses vers supposent un mérite intrinsèque incomparablement supérieur. Et je songeais à la véritable puissance intellectuelle dont un pareil tour de force, ou plutôt non, car il y eut moins qu'effort, il y eut — je l'ai démontré dès le début — phénomène fatal, dont un pareil phénomène, dis-je, était la manifestation.

J'ai souvent questionné Castrillo sur les poètes espagnols et hispano-américains qu'il

avait dû lire avec passion. Oui, sans doute,
il les avait lus. Mais, tout en les prisant fort,
il n'a jamais subi leur influence. Il a lu aussi,
traduits en prose espagnole, les grands poètes
de tous les temps et de tous les pays; ils
n'ont provoqué chez lui aucun choc, aucune
étincelle, aucune révélation. Seuls, les nôtres,
goûtés dans le texte, devaient le transformer,
lui faire découvrir en son propre soi-même
des existences latentes qu'il ne soupçonnait
pas. Son âme profonde et préparée renvoya
comme un écho sonore les harmonieuses
vibrations jetées soudain en elle.

En reproduisant les formes romantiques,
il ne s'est donc point livré à un exercice pro-
sodique quelconque; il a laissé simplement
et sans effort couler le trop plein de son
cœur en un chemin harmonieux et enchanté.
Il est entré vivant dans cette voie, inexplorée
encore, sans savoir quelle main l'y poussait.

Salvador Castrillo avait dix-neuf ans quand il écrivit son premier vers français et la plupart des pièces de son recueil sont antérieures à sa vingt-deuxième année. Une ou deux seulement furent écrites un peu plus tard. Notre auteur qui visite en ce moment l'Italie et inaugure son second voyage en Europe, n'a pas vingt-quatre ans encore.

Plusieurs de ses frères achèvent, en même temps que lui, leurs études chez nous, l'un étudiant la médecine à Turin, deux autres suivant les cours du *Polytechnicum* de Zurich.

Ces mœurs cosmopolites, inaugurées avant la vingtième année, nous surprennent quelque peu dans nos habitudes de prudence casanière. Elles entraînent sans doute avec elles quelques inconvénients, mais combien d'avantages intellectuels ne comportent-elles pas?

— « J'aime aller et voir le monde », me répète bien souvent en souriant d'une énigma-

tique façon, l'auteur des *Rimes Romantiques*,
« le monde... mais pas l'Angleterre ».

Il se souvient probablement du tour qu'un
reporter anglais du *New-York Herald* dont il
ignorait la présence à ses côtés, lui joua, un jour
que, sur le quai de Corinto, il causait librement
avec deux de ses amis, fils d'hommes politiques très en vue de l'Amérique du centre.
Yankees et Saxons ne tenaient pas le rôle de
Scapin dans cette conversation imprudente.
Quelle ne fut pas sa stupéfaction et aussi
son dépit en retrouvant, deux jours après,
dans les journaux américains, ses dires,
assaisonnés de commentaires excessivement
gênants pour sa famille et pour lui.

— « Le monde... mais pas l'Angleterre.

C'est que l'Anglais, on ne saurait assez le
dire, est l'ennemi né de l'Américain du centre.
L'isthme est une proie qu'il convoite depuis
longtemps, et il se prépare de longue main

à s'embusquer dans cette route future de l'Occident.

Il attend que les Cordillères soient coupées pour rançonner l'Europe qui passera par là avec ses navires ; mais il comptera deux fois. L'Hispano-Américain n'a rien de l'Oriental qui se prosterne du côté de la Mecque pendant que l'Angleterre lui tond la laine sur le dos. Les foudres du bonnet phrygien sauront veiller sur le vieil empire des Indes devenu la grande république de l'Amérique centrale.

Hélas ! je m'aperçois un peu tard que la politique, le long de ces pages, s'est fait, à tort et à travers, le cicerone de la poésie : Que les lecteurs et les amis de Castrillo me le pardonnent. Au surplus, on ne lui demande pas encore, à la poésie, et malgré ses compromettantes fréquentations : « De quel parti es-tu ? »

Il est vrai que les vers de Castrillo pourraient répondre : « Du parti de l'idéal et de la belle langue française, un des plus riches qu'une muse, fût-elle américaine, puisse épouser ».

Juin 1895.

PIERRE JAY.

RIMES ROMANTIQUES

A MES AMIS

CE qui seul a du prix sur terre est l'homme même.
Nous devons tous pleurer : chacun à son tour aime.
Pendant de tristes jours j'ai beaucoup médité.
J'aurais dû pour moi seul garder ma rêverie,
Les chants de désespoir qu'ici je vous confie,
Mais ce que le cœur sent est une vérité.

La vérité toujours sans voile doit se dire,
Et ce sont les douleurs qui doivent nous instruire.
Cependant c'est moi seul qu'intéressent mes vers.
J'avais voulu graver pour ma propre mémoire
Le temps qui m'a fait homme et qui fera ma gloire.
L'amour de ma jeunesse et mes premiers revers.

La crainte me saisit en ce moment pénible.
Je laisserai s'enfuir le parfum invisible
Du sentiment sacré dont j'étais possédé.
Mes immortels regrets vont s'en aller dans l'onde.
Et moi-même, entraîné par les courants du monde,
Je perdrai le trésor que j'ai longtemps gardé.

I

Mais la souffrance laisse un vide dans notre âme,
Et moi je me plaisais dans un sentier de flamme.
Je veux donc demander au sort d'autres tourments.
Je me livre moi-même avec ce que j'estime,
Je donne mon amour et ma douleur intime
Et les rêves bénis de mes meilleurs moments.

Je n'en dois recueillir que des affronts peut-être.
Je perdrai la douceur dont jouissait mon être,
Quand, plein de son secret, toujours battait mon sein;
Quand, comme un lieu sacré d'où monte la prière,
Mon âme avait en elle un autre sanctuaire,
Mes yeux voyaient un monde où tout était divin.

Mais, si j'allais donner une nouvelle vie
A ce passé que j'aime, auquel mon cœur se lie.
A ces moments de paix et de sublime amour,
Si j'allais raffermir ma peine périssable,
Fonder un monument qui dure sur le sable
Et puisse me survivre et resplendir au jour.

Si j'allais devant moi placer ce que j'adore
Afin de m'apaiser et d'être heureux encore;
Si j'allais arracher au temps ce qu'il m'a pris,
Si les pleurs, les élans de ma douleur sublime
Pouvaient toucher le temps qui passe et nous abîme,
Si le ciel écoutait mes plaintes et mes cris;

Si j'allais honorer comme elle le mérite
Celle qui vint briller et dont j'ai vu la fuite,
Celle qui m'a fait grand et m'a montré les cieux,
Celle que j'ai nommée à peine pour moi-même,
Celle que nul ne sait et que dans l'ombre j'aime
Pour ne pas profaner son doux regard pieux ;

Si je prêtais un corps du moins à la pensée
De ceux qui, dans le monde, ont l'âme aussi blessée,
Alors j'aurais reçu plus que je n'espérais.
J'avais voulu distraire à peine ma tristesse
Et voila qu'un bonheur, qui m'échappait sans cesse,
Viendrait comme une fleur croître sous mes regrets.

Et ce bonheur serait le seul que je désire :
Je vivrais du passé qui chaque jour m'inspire,
Je le verrais revivre et m'entraîner encor.
J'aurais prêté ma force aux choses immobiles
Et j'aurais fécondé de mes regrets stériles
Un orient éteint dans sa poussière d'or.

E...

Cᴇ livre plein de vous, à vous est dédié,
    Premier fruit de mon âme et de notre amitié;
Votre saint souvenir s'y trouve à chaque page.
Je ne puis vous offrir que ce don précieux :
La perle de mon cœur, les larmes de mes yeux.
          Acceptez-le comme un hommage !

Je ne veux pas de vous le moindre sacrifice.
Ma sincère pensée est vide d'artifice.
Vous avez ignoré ce que je vous ai dû,
Vous ne saurez jamais quelle est cette influence
Qui vint changer soudain mon cœur sans espérance.
          Seulement le Seigneur a vu.

Ces vers furent écrits pendant des jours affreux
Où j'ai vécu, tout seul, des siècles douloureux.
C'en est le monument, le gage qui me reste,
Une énigme dont moi je connais seul le sens
Qui ne parle qu'à moi de cœurs qui sont absents,
          D'une apparition céleste.

Ils n'engageront pas mon sort, quoiqu'il m'arrive.
Mais si l'impression qu'ils vous causaient fût vive ;
S'ils vous parlaient aussi, s'ils vous allaient troubler;
Oh ! s'ils étaient pour vous ce qu'ils sont pour moi-
                                             [même...
Je ne demande pas que devant tous l'on m'aime.
          Un rien saurait me consoler.

Lorsque vous pleurerez aux jours de la douleur,
Rapprochez-vous de moi qui vous donnai mon cœur;
Que ces vers, à leur tour, calment votre âme triste,
Comme ils ont endormi mon désespoir secret,
Comme ils ont consolé mon cœur plein d'un regret,
          Aux jours où rien ne nous assiste...

Oui ! vous accepterez ce que ces vers contiennent.
Sachez que c'est l'espoir, l'amour qui me soutiennent.
L'homme qui les a faits ne savait pas mentir.
Il rêvera toujours, il aimera de même,
Et c'est votre regard qui dans son âme sème
          La joie ou peut l'anéantir.

Si dans ce livre enfin, vous vous reconnaissez,
Si vous ne blâmez pas mes termes insensés,
Si nous avons tous deux fait le même doux rêve,
Sachez donc que ces vers sont mon sincère aveu,
Qu'ils expriment mon âme et brûlent de ce feu
          Qui comme une aile me soulève...

NOS IMAGES

Comme en un panthéon les cendres entassées,
 Nos images ici dorment d'un doux sommeil,
Toi la fille du Nord, moi. né sous le soleil.
Quand le sort nous sépare en son cruel réveil.
Nos images du moins demeurent enlacées.

Une pieuse main ici nous réunit,
Nous que la destinée afflige de bonne heure.
Toi, pâlie en ta fleur, moi, qui tristement pleure,
Nous, comme les oiseaux qui n'ont pas de demeure,
Qui cherchions dans le monde à nous bâtir un nid.

Cette réunion fortuite, le mystère
Qui me place à côté de l'ange de mon cœur,
A l'instant a calmé ma profonde douleur :
C'est un touchant emblème, un gage de bonheur :
Dieu nous rassemblera quelque part sur la terre.

Oh ! lorsque nous mourrons qu'on place nos tombeaux
A côté l'un de l'autre, ainsi que nos images ;
Que même dans la mort, dans le lointain des âges,
Tu brilles avec moi comme dans les orages
Deux étoiles du ciel sur l'horizon des eaux !

LA SUPRÊME JOIE

J'ERRE dans cette allée, où, quand tu m'écrivis,
 Je vins lire ta lettre à l'ombre de ces arbres;
Je ne la lisais pas : je pleurais, et ces marbres
 Furent les témoins que je vis.

Mes sanglots saluaient les mots de chaque ligne.
Combien de temps dura cette félicité ?
L'infini ; je vécus toute une éternité :
 La douleur m'en avait fait digne.

Les siècles de souffrance, hélas ! et de chaos,
Mon attente mortelle et mes craintes funèbres,
Tout fut récompensé : je sortis des ténèbres.
 Mon cœur épancha ses sanglots.

Qui pouvait me ravir cette suprême joie ?
Elle était au-dessus des objets d'ici-bas.
Dieu même me parlait, Dieu qui ne trompe pas,
 Me disait: « Je te la renvoie.

« J'avais voulu mûrir ton cœur et ton esprit.
« Tu dédaignais les biens que je t'offrais moi-même;
« Tu passais à côté du bonheur : quand on aime.
  « On l'apprécie et l'on sourit. »

Ma voix qui se taisait se releva plus douce.
Pendant de longues nuits j'avais tout dépouillé.
Mon regard désormais de pleurs était mouillé.
    Tant fut terrible ma secousse.

J'avais trouvé dans moi ma base désormais,
Je savais mon chemin, j'avais un guide à suivre.
Et quel que soit mon sort, partout où je dois vivre,
    Je suis raffermi pour jamais.

A MA BIEN-AIMÉE

Oui ! je te nomme ainsi, toi qui brillas pour moi.
   Je ne t'offense pas, quoique tu sois un ange.
Tu sais bien que mon âme est haute, et sans mélange
Le sentiment sacré qui me rattache à toi.

Tu sais que dans ce Ciel ouvert aux créatures
Nos soupirs confondus remontent au Seigneur ;
Tu sais quelle est ma vie et quelle est la splendeur
Des songes de mon âme et de nos deux natures.

Je puis bien te nommer dans ces séjours ma sœur.
En présence de Dieu, c'est toi ma bien-aimée.
Il a versé sa grâce à mon âme ca'mée,
Il t'a faite innocente et pleine de douceur.

COMME L'ANGE

COMME l'ange du ciel qui conduisit Tobie,
    Tu te montras à moi lorsque tu fus partie
Et je te reconnus, le jour de nos adieux,
A ce rayon sacré dont tu baignas mon âme.
Oui ! longtemps j'ai gardé dans ma paupière, ô femme,
        L'éclat dont tu frappas mes yeux.

C'est toi qui m'as conduit sur les hauteurs sublimes
Où l'artiste inspiré ne voit plus que les cîmes
Et qu'il ne quitte plus pour un séjour obscur.
Là, comme un aigle fier, plane notre pensée,
Là les fleurs, là les chants tiennent l'âme bercée,
        Et l'on respire un air plus pur.

Et n'est-ce pas le ciel que l'homme a dans lui-même,
Quand l'idéal, la paix, l'illusion qu'il aime
Lui forment à jamais un cortège éthéré,
Quand nous avons en nous un monde d'harmonie
Et que l'amour du ciel, doux comme un pur génie,
        Descend dans le cœur consacré ?

L'harmonie est ce bien qui n'est pas de la terre,
Ce bien que l'on possède alors que l'on espère
Et qui vit protégé par le regard de Dieu.
Oh ! nulle main ne touche à ce bien que Dieu donne ;
Il est placé trop haut, où l'idéal rayonne,
  Où rien ne monte de ce lieu.

Quand la Mort nous menace ou la douleur cruelle,
Nous conservons toujours notre paix immortelle
Et ce bonheur fondé sur la seule vertu,
Ce bonheur éthéré qu'éclaire l'espérance,
Que nous avons conquis tous deux par la souffrance
  Lorsque notre âme a combattu.

Ceux qui basent leur sort sur des roseaux fragiles
Tremblent au premier vent qui souffle sur les villes.
Nous, nous nous appuyons sur un sublime espoir.
Dieu ne nous trompe pas ni ne nous abandonne.
L'orage autour de nous frémit, la foudre tonne :
  Nos yeux toujours peuvent le voir.

Si jamais le lien qui forme notre vie
Se brisait tout à coup comme un roseau qui plie,
Ce serait que, sans moi, tu rentrerais au Ciel,
Que je serais la proie ici-bas des ténèbres,
Que je retomberais dans mes erreurs funèbres,
  Que je redeviendrais mortel.

Mais tu ne fuiras pas. toi qui luis comme un ange.
Quand tu verras faillir mon cœur qui soudain change,
Tu brilleras encor de ton éclat béni
Sur les mers de la vie où le mortel s'égare.
Et nous nous aimerons, car rien ne nous sépare
        Et notre amour est infini.

IL EST UNE LANGUE

Il est un langue de flamme
Que tu comprends seule avec moi,
Et que nulle femme après toi
Ne fera parler à mon âme.

Cette langue que nous parlions
Dans nos épanchements intimes,
N'appartient qu'à nos cœurs sublimes
Par lesquels nous nous ressemblions.

Je brise l'instrument sonore
Entre mes mains et je me tais ;
C'est toi seule qui m'écoutais,
Et cependant je chante encore.

TÉNÊBRES

COMME un spectre debout parmi mes propres frères,
Je trouble leur plaisir, assis à leur côté.
Car sur mon front ils voient l'ombre de mes mystères,
Car ma mélancolie et mes regards sévères
      Leur jettent de l'obscurité.

Je suis un étranger dans leur milieu de joie,
J'insulte à leur bonheur en demeurant muet ;
Et ce mal que je porte et sous lequel je ploie.
Les froisse, les tourmente et je deviens leur proie :
      Ils outragent mon mal secret.

Hélas ! celui qui souffre et ne peut être libre,
Qui cherche à s'expliquer le sort qui le poursuit
Et se creuse lui-même et de douleur s'énivre,
Celui-là doit périr, parce que Dieu le livre
      Aux esprits qui peuplent la nuit.

LORSQUE TU VINS BRILLER

Lorsque tu vins briller, ô sainte Créature,
    J'étais riche de joie et d'illusions d'or,
J'avais la force en moi, la grâce, et la nature
        Dans son sein me berçait encor.

C'était ta pureté que désirait mon âme ;
J'adorai ta candeur et ta perfection,
Tu fus mon idéal : en toi je vis, ô femme,
        Une sainte incarnation.

C'était toi que j'avais ébauchée en moi-même,
Toi que je poursuivais perdu dans les brouillards.
Mon rêve tout à coup s'anima : toi que j'aime
        Tu te montras à mes regards.

Dans la mélancolie, aux jours de la souffrance,
Quand seul. pendant les nuits, j'ai soupiré souvent,
Je t'ai vue en mon rêve et, comme récompense,
      Dieu te donne à mon cœur d'enfant.

Oh! tu peux t'envoler, tu peux fuir dans tes plaines,
Tu peux même oublier que tu me consolas:
Tu m'appartiens du jour où tu calmas mes peines
      Et. dans mon cœur tu t'installas.

Je te donne en mon âme une puissante vie,
Tu vis plus dans mon âme encor même qu'en toi.
Brillante dans mes yeux, c'est toi ma poésie;
      Tu t'es confondue avec moi.

Dieu même t'a livrée, âme sœur de la mienne.
Qui. meilleure que moi. me verses la clarté ;
Mon modèle, mon bien. le seul qui m'appartienne.
      Que mes larmes ont acheté.

Rien ne rassasiait mon âme toujours vide,
Rien qui fût d'ici-bas, aucun amour banal.
Je demandais la source où coule à flot limpide
      Loin de tous. l'amour idéal.

Il fallait une mer où se noyât mon être,
Et la clarté du ciel dont vivent les esprits,
L'amour qui prend une âme et toute la pénètre,
      Des regards d'ange, des souris.

L'amour dont a besoin notre essence éthérée,
Cét amour infini qui n'aura pas de fin,
L'amour d'une âme immense et sur terre altérée
Que seul verse un être divin.

RECONNAISSANCE

Vous seule, ô mon amie, en mon cœur avez foi,
Vous seule, vous m'aimez et croyez que l'on m'aime ;
Vous parlez de ma mère hélas ! et c'est vous-même
Le seul être chéri qui soit auprès de moi.

Vous voyez s'effeuiller, comme une fleur, ma vie,
Pendant de longues nuits vous m'avez vu veiller,
Et puis, comme ma sœur qui veut me surveiller,
Votre tendre regard m'accuse et me supplie.

Vous êtes le témoin de mon suprême effort
Et vous pensez que Dieu tient compte de ma peine,
Sans voir que le courant qui loin de tous m'entraîne,
Vous seule le suivez, vous qui plaignez mon sort.

Ma mère est loin de nous et ne saurait m'entendre,
Partout où je m'assieds je suis un exilé,
Le monde de mon cœur déjà s'est dépeuplé,
Et mes tristes amis ne peuvent me comprendre.

Je ne puis m'arrêter et m'asseoir près de vous,
Car c'est le doigt de Dieu qui m'a marqué la route,
Car lorsque je me plains personne ne m'écoute,
Car il me faut, souffrant, aller plus loin que tous.

Laissez-moi, laissez-moi mourir, puisqu'il le faut.
Laissez que jusqu'au bout je fasse encor ma tâche,
Précipitant ma vie et le mal que je cache
Dans le lit de la mort ou j'entrerai bientôt.

Mais vous, que la patrie à vos regards s'étale ;
Que l'espoir vous caresse ainsi que l'avenir ;
Que le joyeux printemps pour vous puisse venir ;
Que vous ne soyez plus comme aujourd'hui si pâle !

Je voudrais vous donner un bien que je n'ai pas,
Vous rendre la santé, les roses de la joue,
Et cet espoir riant qui de nous deux se joue,
A vous qui pour m'aimer vintes dans ces climats,

A vous qui comprenez toute mon existence,
Qui voulez mon bonheur et pourtant me quittez,
Vous qui déjà m'aimiez et qui me contristez,
Vous qui faisiez en moi renaître l'espérance.

Vous dont le long regard pénètre l'avenir
Et le contemple beau seulement pour moi-même ;
Vous qui portez au fond de cette âme qui m'aime
Le secret sentiment des temps qui vont venir;

Vous dont le sombre rêve a mesuré l'espace.
Qui n'appréciez plus votre triste bonheur,
Mais qui penchez un front pâli par la douleur
Et regardez au ciel l'aurore qui s'efface;

Vous qui semblez planer pour moi sur le chemin,
Tant dans votre regard il brille de lumière ;
Vous qui me laisserez perdu dans la poussière
Et que mes tristes yeux ne verront plus demain ;

Vous qui me ravissez de nouveau l'espérance
Et qui me souriez jusqu'au dernier moment
Et sans doute voyez mélancoliquement
Que je veux vous cacher mes pleurs et ma souffrance !

LORELEY

Toujours à son travail livrée.
    Loreley parle rarement
Et personne dans la contrée
N'a réveillé son cœur dormant.

Quand elle va, mélancolique,
S'égarer dans l'ombre, parfois
Au pied de la montagne antique.
Elle croit écouter des voix.

Un jour, errant toute rêveuse
Sur la rive sombre du Rhin,
Comme une âme mystérieuse,
Au Comte elle apparut soudain.

Le Comte charmé de sa grâce
Voulut l'emmener avec lui,
Mais, elle, sans laisser de trace
Ni le voir, à l'instant a fui.

Cependant dans tout le village
On s'occupe de cette enfant
Qui, sérieuse pour son âge,
S'éloigne dans les bois souvent.

Son regard n'a pas de lumière :
Il est profond comme la nuit.
Dieu seul écoute sa prière.
Dieu seul la comprend et la suit.

L'on dit qu'elle se plaît dans l'ombre
A parler aux esprits des airs.
La nuit, sur le rivage sombre,
On l'a vue au jour des éclairs.

C'est vainement que son œil brille.
Comme pour demander pardon,
On redoute la jeune fille
Qui converse avec le démon.

Le peuple que la mort décime
S'en vient en foule l'accuser
Et la nomme l'auteur du crime
Que sur lui le Ciel fait peser.

Le bûcher déjà se prépare,
On se dispose à la brûler.
Mais alors que l'on s'en empare.
Un prodige vient tout troubler.

Un cavalier qui la délivre
Se lève à l'instant, disparaît.
C'est le Comte qu'elle va suivre,
Le voyageur de la forêt.

Loreley l'aime dès cette heure
De l'amour le plus dévoué,
Il l'emmène dans sa demeure.
Mais le Comte s'en est joué.

Il s'en lasse et bientôt la quitte.
Il part pour l'un de ses châteaux.
Loreley mourra de sa fuite
Non ! non ! lui dit le dieu des eaux.

Venge-toi, lui dit la voix sombre
Qui se lève du fond du Rhin.
Si tes maux ont été sans nombre
A ton tour prends un front d'airain.

La douleur rend Loreley folle,
Elle fait un pacte infernal
Et sur la rive elle s'isole
Pour chanter l'hymne au dieu du mal.

Sa voix harmonieuse entraîne
Par son charme les malheureureux
Qui, s'attachant à la sirène,
Bientôt deviennent amoureux.

Le comte qui sait la merveille.
A son tour vient pour l'écouter
Et son amante de la veille
A su de nouveau l'enchanter.

Il supplie : il est un autre être.
Il embrasse le noir rocher
Et le charme doit disparaître :
Loreley se laisse toucher.

VISION

Peut-on s'appeler grand et t'ignorer, Nature.
   Vous que mon cœur comprend, vous sainte créature.
Monts qui levez au ciel un immortel regard
Et qui resplendissez sublimes à l'écart ?

Quand je vous vois briller, j'élève ma pensée.
J'oublie en un moment l'existence insensée,
Mon esprit de nouveau retrouve la clarté
Et ressaisit encor l'idéale beauté.

Mon âme s'obscurcit comme le flot se ride,
Mais quand je viens vers toi, Nature, plus limpide
, La vision du Beau s'étale devant moi
Et je deviens soudain sublime comme toi !

TOMBEAU DE JEUNE FILLE

TAISONS-NOUS, respectons l'abîme.
  Mon âme, contemple la Mort,
C'est ici que Dieu nous ranime.
C'est ici que Dieu nous endort.

Qui peut comprendre le mystère
Qui nous enveloppe ici-bas ?
Ce qui se passe sous la terre
Un homme ne le saurait pas.

Voyez ici la jeune fille.
Légère de ses dix-huit ans.
Qui s'éloigna de sa famille
Dans la joie et dans le printemps.

Sa maison resta désolée,
Son doux regard s'est endormi.
Dans le cimetière isolée,
Le poète est son seul ami.

LES FEUILLES

Q ᴜᴇ me disent au cœur ces feuilles arrachées
Dont tu semas mon livre en souvenir de toi,
Ces feuilles des tombeaux, ces feuilles desséchées
Qui ne parlent qu'à moi ?

Voulais-tu me laisser un souvenir funèbre ?
Voulais-tu me parler du sort et du cercueil ?
Voulais-tu m'exprimer cet aveu de ta lèvre
Que j'ai lu dans ton œil ?

Le hasard t'avait mise un jour sur mon passage
Quand une destinée avait sur nous la main.
Nous fûmes ces oiseaux qu'un souffle de l'orage
Disperse en son chemin.

Et maintenant hélas ! ces feuilles si pâlies,
Objets mystérieux, m'entretiennent de toi :
Elle sont comme nous qui les avons cueillies.
Elles sont comme moi.

Emblêmes de ta vie, âme mélancolique,
Tu les cueillis pour moi de l'arbre de douleur.
Tu voulais me laisser un signe symbolique
    Qui m'exprimât ton cœur !

A Mrs E. D. GLUCK

JE pardonne les maux que les pervers me font.
   Voyant comme en ce monde il est de bonnes âmes
Qui passent près de nous et ne sont point des femmes,
     Mais de doux anges qui s'en vont.

Elle viennent répandre avec un doux sourire
Une fraîche rosée où nous devons passer.
Le malheureux les voit venir le caresser :
     Son cœur s'attendrit et soupire.

Dieu les met dans le monde afin de nous calmer
Et de sanctifier cet univers des hommes.
Nous les voyons planer sur les lieux où nous sommes,
     Sans que nous puissions les aimer.

Car ce que l'homme prend dans ses mains, il le souille.
Leurs transparents regards nous soulèvent au ciel,
Elles versent dans l'âme une goutte de miel
     Et pour les voir on s'agenouille.

Et lorsque à l'horizon elles ne brillent plus,
Dans l'âme cependant nous en gardons l'image.
Nous avons plus de foi, nous reprenons courage :
      Nos vœux ne sont pas superflus.

Nous nous rencontrerons dans le commun asile
Où nous assemble tous le souffle de la Mort :
Nous sommes les enfants du Dieu, maître du sort.
      Pour peu de temps il nous exile.

Nous comprenons qu'un cœur ne s'anéantit pas,
Et que les sentiments sacrés qui nous agitent,
Nous les retrouverons dans nos seins qui palpitent
      Quand nous serons loin d'ici-bas.

LE SEUIL QUE JE VISITE

LE seuil que je visite avec recueillement
    Et sur lequel s'ouvrait ton enceinte sacrée,
Ce seuil où j'ai gémi, cette paisible entrée
Que je n'osai franchir, ô femme révérée.
        On la profane tristement.

Ce seuil devant lequel je passe et je frissonne
Et dont souvent, la nuit, je m'approche en pleurant,
Voulant y retrouver celle que Dieu me prend,
Ce sanctuaire hélas ! où j'ai prié souvent
        N'est plus respecté de personne.

L'asile où chaque nuit en paix tu t'endormais
Auprès de ces enfants, anges qui te bénissent,
Où les reflets pâlis de ma lampe se glissent,
Ce seuil de nos adieux que mes pleurs divinisent
        Je le vois terni pour jamais.

C'est pourquoi de mes pleurs. j'en lave les offenses,
Lorsque les étrangers, les oisifs curieux.
Ne peuvent plus me voir errer parmi ces lieux :
Ils ne comprennent pas qu'un fil mystérieux
　　　　Rattache ici nos existences.

Les femmes de ce monde et les mortels heureux
Viennent fouler aux pieds cette paisible enceinte,
A chacun de ces bruits, mon cœur lève une plainte;
Ils étalent leur joie où ton image Sainte
　　　　Est toujours présente à mes yeux.

Mais du moins. je m'apaise en pensant que mon âme
Est l'asile sacré que j'ai rempli de toi.
Tout s'efface sur terre hélas ! c'est une loi,
Mais tu vis dans mon cœur : tu t'es donnée à moi.
　　　　C'est mon regret qui te réclame.

Ton nom n'est murmuré que par mon propre cœur.
Il n'est plus profané non plus que ton image,
Je les possède seul désormais sans partage,
Comme un trésor béni. comme un céleste gage,
　　　　Je cache aux hommes mon bonheur !.

IDÉAL

L ES hommes orgueilleux, ivres de leur science,
   M'ont dit que je voyais ce qui n'existait pas;
        Ils m'ont dit que l'expérience
        Doit marquer chacun de nos pas.

Ils ont voulu jeter leurs ombres dans mon âme
Et flétrir cet espoir qui m'a seul soutenu
        Et l'image de cette femme,
        Ange du ciel que j'ai connu.

Le monde ne croit pas aux dévoûments sublimes,
Il pense que les cœurs émus sont avilis,
        Et qu'ils ont frôlé les abîmes
        Où les hommes marchent pâlis.

Il a banni la foi qu'il nomme une folie.
Il doute de l'amour idéal et sacré,
        Et son âme s'est avilie,
        Et son rêve, décoloré.

3

Mais il vit satisfait de n'être que poussière,
Lui. pour qui la douleur n'est rien, n'a point de sens.
     Mais son œil n'a pas de lumière
     Et son âme n'a pas d'encens.

Son âme est desséchée, et, comme un puits. tarie.
C'est pourquoi sans frémir. il voit briller l'essor
     De ceux dont l'âme est attendrie
     Et que la grâce anime encor.

Et toi qui m'as aimé. songe du ciel. chimère,
Que t'importe le nom dont t'appela sa voix,
     A toi qui, comme une autre mère,
     M'enfante une seconde fois ?

Quand seul dans l'univers, barbare d'un autre âge,
Toujours j'aurais marché comme un homme aveuglé,
     Je vivrai fidèle à l'image
     Par qui le ciel m'est révélé.

Et quand cela fût vrai que l'homme est peu de chose,
Quand la terre serait notre tombeau commun,
     Qu'importe que, comme la rose.
     Mon âme s'exhale en parfum ?

MÉDITATION

Il est des cœurs blessés aux portes de la vie
Qui furent combattus par la réalité,
Et, refoulant en eux leur sensibilité,
Vivent toujours en proie à la mélancolie.

Car, comme les ruisseaux coulent tous vers la mer,
La pente nous conduit à l'océan de joie ;
Nous courons au bonheur tous par la même voie,
Mais beaucoup d'entre nous trouvent le sort amer.

Il en est qui, plus forts, pleins d'un espoir sacré,
Ont laissé derrière eux l'obtacle, les entraves.
D'autres qui sont vaincus et tels que des esclaves
Que le malheur façonne et gouverne à son gré.

Mais il en est aussi que chaque pas déchire.
L'infortune ici-bas leur ferme tout chemin.
Mais Dieu qui les entend, les conduit par la main,
Et leur souffrante vie est un touchant sourire.

Il est des cœurs contraints et devenus timides,
Qui brisés, en passant, s'arrêtent pour gémir,
Sur une borne obscure. ils viennent s'endormir.
Tandis que d'autres vont à pas toujours rapides.

Ceux-là dont le malheur s'est déclaré vainqueur,
A leur illusion et leur orgueil survivent.
Et quand plus tard, les biens jusqu'à leurs   mains
                                        [arrivent,
Leur sourire est amer déjà comme leur cœur.

Et toujours sur leur front un pli que rien n'efface,
Une ombre s'épaissit, enveloppant leurs yeux.
Leur regard est profond comme la nuit des cieux,
Et le deuil, tel qu'un spectre, est debout à leur place.

Le monde qui les voit en cherche la raison.
Ils l'ignorent eux-mêmes et pourtant cette trace,
Cette trace du front, personne ne l'efface;
Comme le soc tranchant le temps laisse un sillon.

Il en est dont le cœur rassemble les souffrances
Des mille cœurs perdus, des êtres avortés,
Et par les flots du temps dans la nuit emportés,
Dont le char du destin brisa les espérances.

Il en est qui, plus doux, se rapprochent de Dieu,
Comprenant bien qu'il sait ce qu'il demande aux
                                        [hommes,
Lui qui nous fait la vie et la terre où nous sommes,
Et, résignés et bons, le servent en tout lieu.

J'en ai vu dont le cœur est un ardent foyer,
Qui, dès leurs premiers pas, parcourent l'existence,
Flétrissent l'avenir et dégoûtés d'avance,
Cherchent le Dieu du ciel dans leur obscur sentier.

Il leur faut tout un Dieu pour occuper leur âme,
Et dans l'ombre pourtant, ils errent égarés.
Ils n'ont pas l'innocence, ils vivent altérés :
Rien ne peut appaiser leur cœur toujours en flamme.

Le malheur les rejette en proie au désespoir,
Ils cherchent dans la nuit de la vie insensée
Le repos de leur cœur, l'oubli de leur pensée.
Mais Dieu frappe les yeux qui ne veulent pas voir.

RÉSIGNATION

C'EST Dieu qui m'a frappé, lui pour qui tout existe.
    L'homme naît de la terre et vit entre ses mains,
C'est lui qui nous accable et lui qui nous assiste.
        Il est le maître des humains.

Lorsque l'homme l'oublie et vit pour une femme
Et repose sa vie, hélas ! sur des roseaux,
Sa main qui le secoue instruit soudain son âme
        Et le replonge dans ses maux.

L'existence de l'homme est l'hymne de sa gloire.
Dieu nous met dans le monde où nous vivons pour lui,
Il ne nous laisse en propre, hélas ! que la mémoire
        Pour pleurer ce qui nous a fui.

C'est Dieu qui m'a puni, Dieu qui toujours demeure,
Sans doute, il comprend mieux ce qui nous fait du bien.
Il faut, humbles et doux, l'adorer à toute heure,
        Car sans lui nous ne sommes rien.

Quand je trouve partout la froide indifférence
Et que, comme ces cœurs qui veulent nous dompter,
La nature elle-même est sourde à ma souffrance,
　　　Ma voix vers Dieu doit remonter.

A ce seigneur du ciel, maître de notre vie,
Je demande le bien qu'il vient de me ravir.
Et pour le retrouver mon cœur se purifie,
　　　Pour qu'il daigne un jour s'attendrir.

Dieu nous conserve tout, tout ce qui nous échappe,
En devenant meilleurs, nous le retrouverons,
Car il est notre père, et, si sa main nous frappe,
　　　C'est afin de nous rendre bons.

Malheur à l'insensé qui ne verrait qu'un rêve
Dans l'espoir qui m'anime à l'heure où rien ne luit.
Il comprendrait que c'est au ciel que tout s'achève,
　　　Si la douleur l'avait instruit.

LE PARADIS

Oui! nous serons ensemble et pour toujours unis,
    Dans ces séjours du ciel où vont les créatures
Qui rapportent à Dieu leurs illusions pures
        Et dont il a fait ses amis.
Oui ! nous serons ensemble un jour au Paradis.

Je veux devenir bon, comme tu l'es toi-même,
Afin que si le sort nous frappe à chaque pas,
Nous puissions cependant, dans de meilleurs climats,
        Aux lieux où pour toujours l'on aime,
Nous rencontrer unis sous le regard suprême !

PREMIÈRE RENCONTRE

On jouait à côté dans le salon joyeux,
  Tandis que nous restions muets et soucieux,
Contemplant dans le ciel l'astre de la nuit pâle
Qui sur les flots jetait comme un sillon d'opale.
Pour la première fois nos cœurs se rapprochaient
Et tes regards si doux dans l'âme me touchaient;
Tu ne me dis qu'un mot si profond et si triste
Que je dois l'écouter toujours tant que j'existe.
Dans ce temps-là j'étais devenu réservé.
Le malheur en passant m'avait tant éprouvé !
J'étais comme épié : j'avais la défiance
Et je cachais à tous mon cœur plein de souffrance.
Je ne te répondis que par un court soupir
Et je me retirai, cherchant à m'assoupir.
Dans mon cœur s'agitaient deux sentiments contraires:
D'un côté le bonheur, d'un autre mes misères.
Dieu t'avait envoyée, ainsi qu'un ange pur,
Briller devant mes yeux, rendre mon sort moins dur.

MA MÈRE

QUAND tu vas me revoir, pauvre femme, ô ma mère,
    Me reconnaitras-tu, me diras tu mon fils?
Tu n'as jamais compris mon existence amère
        Dans ces lieux où je vis.

Quand bientôt je viendrai mourant, mère chérie,
Retomber dans tes bras qui ne m'ont plus pressé.
Tu liras tristement sur ma face amaigrie
        Tout ce qui s'est passé.

Tu ne savais donc pas ce qu'on souffre en ce monde
Quand tu me repoussas loin de tes bras chéris,
Ne pressentais-tu pas que dans la nuit profonde
        Dieu n'entend pas nos cris?

Je t'ai toujours nommée en pleurant, ô ma mère,
Et mes pas s'égaraient, et tu m'avais manqué,
J'allais partout versant mon cœur dans ma misère
        Mais l'on s'en est moqué.

HYMNE DE GRACES

Enfin j'ai traversé les brumes de la vie.
J'atteins les hauts sommets d'où coule l'harmonie,
    Mes pieds ne touchent pas le sol.
Béni soit le Seigneur qui me tira de l'ombre
Et fit qu'à mes regards, quand ma vie était sombre,
    Un ange déployât son vol.

J'ai retrempé mon âme au fleuve des souffrances,
J'ai lavé mes habits, repris mes espérances,
    Recouvré mon cœur innocent.
Le feu de la douleur purifia mon âme,
Et maintenant au ciel où va le vol de flamme,
    Je remonte en le bénissant.

Et j'ai besoin de dire à tous ma grande joie,
De partager à tous le jour que Dieu m'envoie,
    J'ai besoin de louer mon Dieu.
Comme ce lac entonne un hymne, aussi je chante,
Aussi je suis joyeux et la clarté m'enchante.
    Le ciel me sourit en tout lieu.

VOUS M'AIMEZ PEUT-ÊTRE

Nous avons ignoré comment nous nous aimions.
 Et ce n'est qu'aujourd'hui dans ma douleur profonde
Que je sens que vous seule étiez pour moi le monde
Et que vous seule au cœur me versiez vos rayons.

C'est quand vous ne pouvez venir me consoler
Que je m'agite en vain pour vous dire ma peine.
Ce douloureux secret je me l'avoue à peine.
Maintenant je vous cherche et je veux vous parler.

Nous nous étions connus dans de si sombres jours !
Nous avions tant de maux au profond de notre âme :
Vous n'étiez pas pour moi comme une simple femme,
Mais l'idéal rêvé qu'on aimera toujours.

Maintenant entre nous la distance s'étend,
Les vagues de la mer écoutent ma complainte,
Et ma voix pour vous seule est désormais éteinte,
Et vous m'aimez peut-être et nous vivrons pourtant !

LA FILLE DE L'INCA

L A fille de l'Inca se marie : inquiète,
    Elle avait attendu le jour de cette fête,
Elle sort pour errer au sein de la forêt.
Son frère, prisonnier, dans les sentiers paraît,
La voit, la reconnaît et dans ses bras s'élance.
Le jaloux fiancé la suivait en silence.
Tout à coup il pâlit : à la clarté du ciel,
Il contemple non loin ce spectacle cruel.

Il voit la jeune fille et l'homme qui l'embrasse ;
Il les voit et son œil foudroyant les menace
Et convulsif, soudain, il fait partir le trait
Qui frappe son amante au fond de la forêt.

A UNE JEUNE FILLE

Tu reposes, non loin de moi.
   Et, tandis qu'ici je médite,
L'amour dans ton sommeil t'agite.
Un ange s'approche de toi.

Puisses-tu, gracieuse fille.
Ne rêver jamais autrement
Et ne sourire qu'en dormant
Au fantôme qui pour toi brille !

Semblable au nuage vermeil,
Voile pudique de l'aurore,
Evanouis-toi pure encore
Aux premiers rayons du soleil !

JEUNESSE

A Mlle E. F. M.

J'ASPIRE à ce bonheur commun au genre humain.
　Je voudrais retremper mon âme dans la source,
Et, m'asseyant en paix à moitié de ma course,
Toucher la douce main qui serrera ma main.

Mais quoi ! n'irai-je pas accroître mon malheur,
Souffler imprudemment sur l'onde calme et pure ?
N'irai-je pas troubler la simple créature
Et lui verser la mort en lui donnant mon cœur ?

Non, lorsque les regrets amers m'assailliront,
Ces regrets que la Muse avec douceur m'enlève,
Je lui dirai : venez suivre avec moi mon rêve,
Sous mon chaste idéal, inclinez votre front !

Et telle qu'autrefois, triste, vous me parliez,
Telle qu'à mes côtés jadis je vous ai vue,
Je la verrai venir et se pencher émue,
La femme qui vaudra tout ce que vous valiez.

DANS LE CIEL UN JOUR

Oui dans le ciel un jour nos âmes réunies
    Doivent trouver ce bien que nous avons rêvé,
Ces douceurs de l'amour par le cœur pressenties
Aux heures de souffrance où l'homme est éprouvé.

Quand dans la nuit je vis s'éteindre mon étoile,
Après que le regret longtemps m'eut accablé,
Je me suis dit : Dieu luit quoique le ciel se voile.
Et ce seul sentiment bientôt m'a consolé.

Oh ! croyons en ce ciel d'où tu descends toi-même.
Pendant l'éternité nous pourrons nous aimer.
Attendons résignés que le regard suprême
Un jour, dans le tombeau, vienne nous ranimer !

JE VIS D'UN SOUVENIR

JE vis d'un souvenir, je vis avec constance.
   Je nourris dans les bois mon cœur de mon amour.
Et Dieu sait cependant quelle est mon existence,
Et si la nuit pour moi n'est pas semblable au jour.

Quelquefois je faiblis ; défaillant, je me traîne,
Et mon corps épuisé se plaint près de mourir.
J'oublie un jour parfois la cause de ma peine,
Mais mon âme aussitôt doit se ressouvenir.

Je baisse vers le sol un front pâle et stupide,
Un regard presque éteint s'échappe de mes yeux :
Nul ne me reconnaît et, délirant, livide,
J'erre par les chemins les plus silencieux.

Mais au fond de mon âme une espérance reste.
Il est une ombre amie, une ombre qui me suit.
Dans mon sommeil j'entends comme une voix céleste :
Une main me caresse et me bénit la nuit.

4

Et je verse des pleurs sur cette main sacrée.
Je m'éveille agité, tremblant et palpitant.
Je songe avec douleur et l'âme déchirée,
Sur le sol où je meurs je tombe en sanglottant.

Je sais qu'il est un homme en moi qui se replie,
Qui dort sous un linceul, mais s'éveille parfois,
Et dont les battements et la mélancolie
Reviennent quand j'entends le son de cette voix.

Je sens qu'une âme pure, un enfant qui soupire,
Un homme doux et bon vivent encore en moi;
Je sens que malgré tout ton souvenir m'inspire
Je sens que Dieu m'a fait pour vivre auprès de toi!

LA JEUNE FILLE POÈTE

Hommage à Mlle B. T.

O toi, jeune fille folâtre,
  Mélancolique quelquefois,
A la main de rose et d'albâtre,
A l'harmonieuse voix,

Toi, poète comme moi-même,
Que fais-tu loin de ce séjour
Où quiconque t'a vue et t'aime
En vain espère ton retour?

Que fais-tu, toi dont l'âme chante
Comme un chœur d'anges du Seigneur?
Quel vent t'a prise, âme innocente,
Si belle en ta jeune candeur?

Toi qui connaissais tant de choses
Et n'étais qu'une pauvre enfant;
Toi qui m'aimais, dont les doigts roses
Rencontraient mes mains si souvent?

Te souviens-tu du paysage
Que nous avions devant les yeux.
Quand tu me parlas d'un voyage
Sous de mélancoliques cieux ?

Quand tu me laissas voir ton âme
Sans t'apercevoir qui j'étais.
Oubliant ton titre de femme
Tandis que pensif j'écoutais ?

Je pouvais, le seul en ce monde.
Te comprendre. et m'en souvenir ;
Ta jeune âme s'ouvrait profonde
Et tu pressentais l'avenir.

Jeune fille, je fus ton frère.
Comme toi j'étais pâle et doux
Je voyais l'ombre de ta mère,
Se pencher tendrement sur nous.

Notre adieu fut doux et paisible
Avions-nous au cœur un secret ?
Dieu le sait qui lit l'invisible.
Ton souvenir est un regret !

LE RETOUR

POURQUOI ne puis-je plus rester dans mon pays ?
     Parce que le pays des cœurs endoloris
Est plus loin, est là-bas au nord, parmi la brume,
Parce que j'ai cherché, l'àme dans l'amertume,
Mes traces sur le sable et mes amis d'enfant.
Tout s'était envolé dans l'ombre et dans le vent.
L'être qui m'enfanta, ma mère, est sous la terre.
Et ce lieu désormais est vide et solitaire.
Mon amour d'autrefois, un rêve de quinze ans,
Ne me reconnaît plus après ces quelques ans.
Je suis un étranger dans ma propre patrie.
L'image de naguère est à mes yeux flétrie.
Je porte un cœur souffrant au sein de ces déserts
D'où je m'élançai jeune aux airs tout grands ouverts.
O Muse, repassons ce temps que je rappelle.

Dans une solitude, et ma mère avec elle,
Et sa mère elle même assise auprès de nous,
Nous vivions de beaux jours dans ces climats si doux.

Le lac dans la forêt, non loin une rivière,
La route devant nous ouverte à la lumière,
La maison dans l'ombrage, obscure, et vers la nuit.
La rumeur des déserts qui nous endort sans bruit.
La lune qui parfois enchante la montagne
Nous conduisait la nuit dehors, dans la campagne,
Jusqu'au prochain rivage où nous nous asseyions.
Les étoiles sur nous versaient leurs doux rayons.
Et puis notre jeunesse au sein de l'ignorance.
Et la mélancolie au seuil de l'existence,
Et le monde plus loin derrière l'avenir,
Et rien sur nos chemins, rien, pas un souvenir.
Et l'abîme entr'ouvert où doit tomber la vie,
Voilà tous mes tableaux d'enfant dans ma patrie,
Voilà ce que ma mère en l'ombre me gardait.
Mais aucun sur ces bords, aucun ne m'attendait.
Elle avait disparu du sein de ces asiles.
Ces forêts devant moi restèrent immobiles.
Des tombes remuaient à peine sous mes pieds.
Mais ces songes d'enfant périrent oubliés :
Elle était une femme et moi j'étais un homme.
Je la vis devant moi passer comme un fantôme.
Nous ne nous parlions pas, l'un à l'autre étranger ;
Sans doute mon front pâle avait pu bien changer,
Sans doute mon regrrd était plus froid, plus sombre,
J'ai cru voir sur ses yeux pourtant passer une ombre,
Et j'ai cru que son cœur venait de tressaillir.
Mais non, à mon approche, elle n'a pu pâlir.
Personne n'était là témoins de notre histoire ;
Les ans, avaient jeté l'oubli sur ma mémoire,

Les Océans lointains avaient noyé nos voix.
Rien ne lui parlait plus des choses d'autrefois.
Et j'ai dû m'éloigner solitaire, en silence,
Afin de lui laisser la paix par mon absence.
Sa main était promise : un homme se montrait.
J'effleurais ·cette main, sans larmes, sans regret.
Elle sera du moins heureuse : qu'elle vive !
M'écriai-je en quittant la paternelle rive,
Avec moi la tempête, avec moi la douleur !
Qu'un autre lui consacre un plus paisible cœur
Que je n'y vienne pas jeter d'ombre sur elle,
Que je m'en aille au loin où le malheur m'appelle !

Voilà ! tout dans ce monde ainsi brille et périt
Dans l'ombre du désert où l'ange me sourit
Où l'espérance pure a bercé mon enfance.
C'est là que comme un flot se perd mon existence.
Parmi ces arbres noirs, sous ces terribles cieux,
Au fond de ce désert sombre et mystérieux,
Je ne vois que rochers, je parle à la nature
Et je m'enfonce en paix dans sa demeure obscure.
Je fais un pacte avec l'esprit de ces forêts.
Je porte dans mon cœur des rêves, des regrets.
Tout un monde avec moi marche comme une suite,
Et nourrit ma tristesse en l'ombre que j'habite !

ELLE

C'est trop tard que je veux un peu m'en éloigner.
Je viens la retrouver, sentant mon cœur saigner,
Pour l'entraîner encor dans la mélancolie
Dont le charme puissant étroitement nous lie.
Cependant elle est forte et son cœur a la foi.
Elle me sert d'appui, se rapprochant de moi.

Nous repassons ensemble un temps près de l'aurore
Dans lequel nous croyons nous retrouver encore,
Et nos cœurs, plus émus, resserrent leur lien
Quand nous sentons hélas ! qu'il n'en reste plus rien.
Mon âme ne s'est plus dans le vague élancée,
Et comment me perdrais-je encor dans ma pensée
Quand, elle, à mes côtés se trouve pour calmer
Mon cœur endolori qui veut encore aimer ?
Elle passe une main de sœur sur ma blessure
Et, comme elle, mon âme à présent est plus pure.
A peine si je sens que je revois le jour
Et que mon cœur va fondre ému d'un saint amour.

Toujours mélancolique et devenu plus tendre,
C'est seulement sa voix que j'ai besoin d'entendre.
Toute autre voix me blesse et me refoule en moi,
Car au milieu de tous je vis avec effroi.
Au premier bruit de pas je redeviens farouche.
Mais son doux aspect seul me fait ouvrir la bouche.
Moi-même en me voyant, je me sens transformé.
Pour la première fois, je puis me dire aimé,[1]
Mais d'un amour divin qui n'est pas éphémère.
Elle veille sur moi comme ma propre mère.

Quand dans mon désespoir la mort frappe mes yeux,
Sa présence et sa voix me font penser aux cieux.
Son image éclaircit à tout moment mon âme
Et dans mon sein s'élève une meilleure flamme
Qui chasse loin de moi la moindre passion.
Je ne chercherai plus une distraction,
Mais vivant digne d'elle et l'aimant davantage,
Je jouirai du bien que j'ai sur ce rivage,
Et sans plus de réserve ouvrant mon cœur au sien,
    braverai la mort qui tranche ce lien.....

Nous lisons chaque jour et travaillons ensemble.
Mais quand je la lui tends jamais ma main ne tremble.
Point de faiblesse en nous ni de propos plaintifs.
Sous un voile nos cœurs se découvrent naïfs.
Nous ne disons un mot qui ne soit pas sincère
Et lentement le nœud de nos cœurs se resserre.

Notre bonté native est ce charme divin
Qui réunit nos sorts en un commun destin.
Maintenant de plus près les larmes nous unissent
Car séparés, la nuit, nos deux âmes gémissent.
Elle sait que mon cœur a dû beaucoup souffrir
Et qu'il est défiant bien qu'il ait pu s'ouvrir.
On me verra toujours soumis à ma tristesse
Comme si des soupçons me torturaient sans cesse.

Quand nous lisons le soir quelque récit d'amour
Où l'on voit des amants séparés sans retour.
Nous nous trouvons émus, comme si nos pensées
Dans l'obscur avenir se fussent élancées
Et qu'il nous eût fait peur en s'étalant si noir.
Mon cœur dans ces instants se livre au désespoir,
Oubliant que je suis encor dans sa présence,
D'un coup d'œil je parcours toute mon existence.

Souvent nous allons seuls errer au bord des eaux,
Et tous deux attendris du spectacle des flots
Et du ciel nuageux qui, menaçant, se voile,
Nous fixons l'horizon pour y voir une étoile.
Mais rien n'y brille hélas ! pour les oiseaux des mers
Que le hasard rassemble une heure dans les airs.
Les voici poursuivis par l'affreuse tempête
Et chacun d'un côté meurt où le vent le jette.

Sous le regard du monde où nous restons perdus,
Saisis de peur hélas ! nous nous rapprochons plus,

Comme si nous voulions, sentant la mort qui vole.
Nous aimer toujours plus, quoiqu'elle nous isole.
Si touchante, elle sait me donner des conseils
Et pour moi seulement rêve des jours vermeils.
Notre sort, notre cœur, nos maux étaient les mêmes.
Jeunes, déjà nos fronts inclinés étaient blêmes.
Le monde à ses regards s'offre comme un désert
Et son unique asile est dans mon cœur ouvert.
Mais les destins pour nous se sont montrés terribles.
Ce sont de rudes coups pour nos deux cœurs sensibles
Que le ciel réservait à ces derniers moments.
J'avais presque épuisé la coupe des tourments,
Ayant longtemps vêcu dans des séjours hostiles,
Et je croyais toucher à des jours plus tranquilles.
J'ignorais cependant les terribles douleurs
Qui viennent fondre l'âme en une mer de pleurs.

Aujourd'hui je sens mieux le prix de son sourire.
Aujourd'hui qu'elle part et que mon cœur soupire,
Je comprends, ô mon Dieu, combien je dus l'aimer.
Comment puis-je m'asseoir, qui saurait me calmer?
Comment puis-je rester seul, errant sur la terre ?
Je n'en ai pas la force et ce départ m'atterre.
Rien qu'en y méditant, je me sens défaillir.
Tant dans de tristes jours hélas ! j'ai pu faiblir,
Tant ma main s'appuya sur ce roseau fragile,
Tant j'ai livré mon cœur et tant je suis débile !
C'est elle cependant qui m'anime toujours
Et veut me consoler pendant ces derniers jours.

Elle-même me dit de relever mon âme,
Qu'il est un Dieu qui fait l'homme et qui le réclame.
Elle me verse au cœur comme un rayon de foi
Et me parle d'un Dieu dont nous suivons la loi.
Elle pleure à me voir lorsque je parle à peine
Mais sait me dérober toute sa grande peine
Afin de me donner le repos et l'espoir
Et de m'encourager à faire mon devoir.

Je ne lui réponds rien : je cache ma faiblesse,
Mais je crois succomber bientôt à ma tristesse.
Je voudrais la prier de ne pas me quitter.
Je sens que dans ces lieux je ne pourrai rester.
Quand nos yeux plus émus maintenant se rencontrent
C'est un calme trompeur que cependant ils montrent.
Elle comprend très bien qu'elle est mes seules amours.
Elle me dit : « Ami, Dieu nous verra toujours.
Il nous ranimera pour nous donner la joie.
Marchons avec courage et par la même voie.
La présence de Dieu dans tout pays nous luit
Et nous sommes ses fils et son regard nous suit.
Et nous serons pieux jusqu'au moment suprême.
Oui ! sois toujours ainsi, sois bon comme je t'aime,
Et nous serons unis sous le regard de Dieu,
Ici-bas et là-haut, dans le céleste lieu. »

Elle ainsi s'exprimait devenue héroïque,
Elle qui dans la paix était mélancolique.

Mais le cruel moment de son prochain départ
Lui rend toute sa force empreinte en son regard.
C'est pour moi que ses yeux répandent la lumière.
Dieu seul peut l'écouter gémir dans sa prière,
Car elle veut montrer à mon âme les cieux
Et laisse dans son œil briller un jour pieux.
Pour m'enlever de terre elle paraît paisible.
Ce n'est pas qu'elle y soit cependant moins sensible.
Son existence entière est un long dévoûment
Et son cœur fut trempé dans l'onde du tourment.
Mais son âme est si douce et si pure sa vie
Qu'elle voit toujours Dieu briller et s'y confie.
Le désespoir ne peut se loger un moment
Dans une âme où la foi règne éternellement.
Elle vivra toujours ayant dans sa pensée
L'ami qui l'a comprise et l'a toujours bercée.
Le reste, c'est à Dieu de l'accomplir pour nous
En nous donnant ce bien qu'on demande à genoux.

. . . .

Mais le jour du départ enfin pour nous arrive.
Je vins lui dire adieu, venu jusqu'à la rive,
Et je retins mes pleurs jusqu'au dernier moment
Sans que rien eût trahi dans moi mon sentiment.
Mais c'est quand je la vis dans l'ombre disparaître
Que je sentis hélas ! s'anéantir mon être.
Je restai plusieurs jours soumis à la douleur
Sans qu'aucun pût me voir lutter avec mon cœur,
Quand je sentais fléchir sous ma douleur de femme
Ma raison qui pâlit, morne flambeau de l'âme.

La nuit sur le rivage. errant désespéré,
Je croyais suivre au loin un fantôme adoré.
Je nouais avec lui des entretiens intimes
Et le suivais tremblant jusque dans des abîmes.

. . . .

FRAGMENT.

. . . .

Que me veut cette voix ou ce soupir si doux ?
  S'adresse-t-elle à moi, cette âme parmi nous ?
Je venais trouver Dieu dans sa propre demeure,
Comme l'enfant chétif qui l'implore et qui pleure.
J'avais le cœur gonflé de mes profonds regrets,
Et pourtant cette image a déridé mes traits.
J'ai suivi pas à pas la gracieuse fille,
Pénétré du rayon qui sur sa fâce brille.
Quand elle, pour me voir, s'arrête quelque temps,
En moi s'épanouit mon âme de vingt ans,
Et ce que le soleil n'avait pas su produire
L'accomplit dans mon cœur l'amour qui vient de luire.
Est-ce Dieu qui permet qu'enfin je sois heureux,
Sans qu'un flot de malheur vienne engloutir mes vœux,
Et briser sous mes pieds l'espoir qui me supporte,
Et me jeter au front mon illusion morte ?
Est-ce un ange qui vient briller dans mon désert ?
O Dieu ! si c'est le ciel que je contemple ouvert,
Dussé-je de si haut retomber dans l'abîme,
J'embrasse de nouveau l'espoir qui me ranime.

Je suivrai jusqu'au bout la céleste lueur
Qui s'éteindra peut-être au seuil de mon bonheur.
De nouveau sur le sol je reprendrai racine.
Repoussant un regret qui chaque jour me mine.
Dieu l'a conduite exprès sur mon propre chemin,
Touché de ma douleur, pour appuyer ma main.
L'éclat de ce regard long et mélancolique
Rappelle à ma mémoire une autre âme angélique
Qui, comme un météore aux yeux du matelot,
Illumina ma vie et s'éloigna bientôt.
Je ressens tout à coup la même immense joie
Que près d'elle éprouvait mon cœur qui se reploie,
Elle dont je conserve intact le souvenir,
Elle que je demande à Dieu dans l'avenir.
Oui! j'avais une amie aux jours de l'espérance.
Dont je ressens encor dans l'âme l'influence.
Je crois la rencontrer une seconde fois.
C'est elle que j'entends dans cette fraîche voix.
Quand j'aime maintenant. je veux rester fidèle.
Qui sait si ce sourire est un sourire d'elle?...
Dieu n'a-t-il pas permis qu'elle prenne ce corps,
Et vienne ranimer mes sens et mon cœur morts?
Comme l'astre du jour féconde la nature,
Le regard de l'amour charme mon âme obscure.
Mon cœur est attendri ; je verse encor des pleurs.
Je m'attache à la vie où germent les douleurs.
Comme un torrent pressé de tomber dans l'abîme,
Ainsi je vais, hélas ! lancé de cîme en cîme.

Il est écrit aux cieux qu'elle devra mourir,
L'enfant dont l'âme à peine au jour vient de s'ouvrir,
Fleur que l'aube a bercée une heure sur sa tige,
Et qu'en tribut déjà la passion exige...
. . . .
Tout me parle d'un temps que mon cœur a gardé.
Comme le voyageur sur la rive attardé,
J'appelle encor la mort dans cette solitude,
Mais mon seul désespoir, ma seule inquiétude,
Interrompt en ces lieux les pas muets du temps.
Et rien ne m'y répond que la voix des autans.
Si du moins devant moi, dussé-je disparaître!
Je voyais dans la nuit se redresser un être,
J'entendais une voix qui me rendît l'espoir
Et me criât : « du ciel nous pouvons bien te voir ».
Si quelqu'un me prouvait que l'homme est quelque
[chose,
Que l'univers et nous avons tous une cause,
Si je voyais briller l'ange qui rend la foi.
Mais c'est toi qui le veux, Dieu, c'est ta propre loi!
Tu ne nous parles pas et tu nous abandonnes;
Lorsque nous t'offensons, jamais tu ne pardonnes.
Nulle clarté d'en haut tu ne nous laisses voir,
Tu nous fais un chemin semé de désespoir,
Et si quelqu'un nous aime, un ange nous protège,
Cet appui dans nos mains fond comme de la neige.

. . . .

THE DREAM

> Achange came over the spirit my of
> dream.
>
> BYRON.

QU'EST-CE que le passé qui ne peut revenir ?
   Qu'est-ce que le présent qui fuit vers l'avenir
Et qu'est-ce que la vie où tout meurt, tout s'achève,
N'est-ce pas toute chose un éphémère rêve ?

Je puis jusqu'à présent regarder devant moi.
Je puis voir le passé tout entier plein de toi.
Est-ce un rêve ? Quel rêve immense ! quelle image !
Longtemps j'allais la nuit pleurant sur le rivage,
Longtemps je fus fidèle à mon secret chagrin.
Comme un spectre du soir, un songe du matin.
Tu venais m'apparaître aux bords pleins de ton ombre,
Sur ce lac qui nous vit, sous ce firmament sombre,
Et je n'attendais plus, au monde, d'avenir
Et je me nourrissais de mon long souvenir
Et je me consumais moi-même dans les larmes.
Nul ne pouvait comprendre un regret plein de charmes,
Nul ne sut mon amour, hors Dieu, hors ces pays,
Hors ces vagues, ces vents, ces monts, nos seuls amis,

Hors nos cœurs enivrés de leur mélancolie.
Je ne t'avouai pas l'amour qui fait ma vie.
Tu ne m'as jamais dit le secret des amants,
Mais nous étions émus, muets de longs moments.
Nous sentions que la vie est un songe éphémère
Et sur nous deux pesait une infortune amère.

Et d'où venait cela ? Pourquoi nous quittions-nous ?
O Dieu, tu le sais bien. Vous le savez, ô vous.
Esprits qui m'entrainez séduit vers un abîme,
Nous aurions pu grandir, couple doux, magnanime ;
J'aurais été très bon, très simple, très heureux,
J'aurais gardé la foi, la lumière en mes yeux.
Mon front sitôt flétri, porterait un haut rêve.
J'eurais été pieux, saint, car sa voix m'élève.
Dieu ne le voulut pas. Dieu qui passe et me fuit
Comme Adam exilé dans la terrestre nuit,
Loin d'elle je n'ai vu que chaos sur la terre
Et le passé fuyant dans l'ombre du mystère.
Sans le regard si pur qui s'avait m'éclairer,
Sans un guide, sans Dieu, je vins à m'égarer.
Malheureux, sans appui, sans mère dans le monde,
Les objets se perdaient dans la brume profonde.
Devant moi tout tourna : Je ne vis plus mon Dieu
Mon phare s'éclipsa depuis ce sombre adieu...

Oui ! je la vis partir, arrachée à mon âme.
Un obstacle illusoire éloignait cette femme
Quand elle disparut et j'étais malheureux.
L'abîme fut comblé qui s'ouvrait sous nos yeux.

Je suis libre, et ma mère hélas est dans la tombe.
Quand je voudrais la voir, quand tout obstacle tombe.
Je suis dans un désert où je la cherche en vain.
Elle pouvait venir et m'aimer à la fin.
Nous pouvions devant Dieu nous réunir, o femme.
Mais il n'était plus temps. Tu n'étais plus qu'une âme,
Et j'étais dévoré moi-même et je mourais.
Le rêve était fini par de mortels regrets.

Tu donnas ta jeunesse au bien. Dans la tristesse.
Tu soignas les mourants que toute âme délaisse
Tu te vouas à Dieu. Tu fis la charité.
Tu fus des bienfaiteurs saints de l'humanité,
Tu n'étais plus du monde où je perdais ma vie.
En silence ton âme y restait enfouie.
Tu ne dis pas un mot, tu ne me parlas pas.
Je ne t'avais pas dit ma souffrance ici-bas,
Je ne l'avouai pas cet amour qui me mine.
Mais toi tu le sentais dans ton âme divine.
Tu savais mon secret. Non! tu crus le savoir
Et tu te livras seule à ton saint désespoir.
Oui! tu crus qu'un obstacle immense, un amour même
S'opposant entre nous m'arrachait à qui m'aime.
Et tu me jugeas mal. Tu n'as pas su mon cœur.
Tu crus que je t'aimais oui! Mais comme une sœur.
Tu le crus, et sans dire une seule parole,
Sans te plaindre, ange doux, tu t'assis sous le saule
Planté sur les tombeaux, tu chantas ton adieu,
Tu me touchas la main et tu volas vers Dieu.

Et lorsque le bonheur s'ouvrait à ma souffrance,
Lorsque je t'apportais un cœur plein d'espérance,
Après avoir veillé longtemps sur un tombeau,
Après avoir souffert devant Dieu. sans flambeau,
Lorsque je méritais une dernière joie,
Un bonheur fugitif, malheur ! je suis ta proie,
Malheur, c'est toi qui prends le poëte souffrant.
Toi qui prends le mortel, toi qu'on chante en pleurant.
Ma vie est un abîme et mon âme est la tombe
Où ! ton saint souvenir, ô toi, pour jamais tombe !

CHANSON

A Mlle S.

SEMBLABLE à la fleur
Pleine de fraîcheur,
Ton âme si pure
S'ouvre à l'œil du jour.
Tu répands l'amour,
Belle créature.

Ton air gracieux,
Ta voix et tes yeux
Transportent mon âme,
Mais je me contiens.
Tes jours et les miens,
C'est l'ombre et la flamme.

Voudrai-je ternir
Le saint avenir
Qui pour toi se lève ;
Voudrai-je chasser,
Voudrai-je effacer
Ton céleste rêve ?

Non ! ô belle enfant,
Grandis dans le vent.
Ton Dieu te surveille.
Pour lui seul éclôt
L'étoile là-haut
Et la fleur vermeille.

Nous tous dans ses mains,
Par distincts chemins,
Nous suivons sa trace.
La fleur et l'oiseau,
L'homme et le tombeau
Tous ont vu sa face.

Comme le palmier,
Dans ton jour premier,
Un doux vent te plie.
Comme un lys penché,
Ton cœur est touché,
Te voilà pâlie.

Garde-toi d'aimer,
Si tu veux charmer
Un cœur de la terre.
Pense qu'ici-bas
L'amour ne vit pas,
Il est éphémère.

L'horizon si doux
Qui nous trompe tous
Et se décolore,
C'est comme la fleur
Qui tombe du cœur
Et vit une aurore.

Saurait-il pourtant
L'homme qui t'attend
Payer ta caresse !
Garde ton bonheur.
Ange du Seigneur,
Garde ta tendresse.

Garde ton amour
Pour le haut séjour
D'où tu viens toi-même.
Et lève les yeux
Toujours vers les cieux
Où toujours l'on aime.

RIEN NE VOUS DIT...

Rien ne vous dit dans l'âme tristement
  Qu'à vous je pense avec mélancolie;
Rien ne vous dit les peines de ma vie
      A tout moment.

Quand l'avenir pour vous est plein de charmes,
Quand vous jetez les yeux sur les passants,
Vous oubliez mes yeux, toujours absents,
      Toujours en larmes.

Vous ignorez qu'il existe ici-bas
Quelqu'un dont l'âme est à l'étroit au monde,
Et dont vous seule en cette nuit profonde
      Guidiez les pas.

Il est des cœurs formés pour la souffrance,
Vous l'ignorez, vous, si pleine de foi;
Vous ignorez, vivant si loin de moi,
      Mon existence.

Rien ne vous dit mon douloureux secret.
Et, séparés, chacun parcourt sa vie :
Ainsi la feuille est par le vent cueillie
      Dans la forêt

Oh! vous souffrez, douce comme moi-même.
Vous êtes pâle et semblable à la fleur.
Vous êtes née aussi pour la douleur
      Et je vous aime !

POUVEZ-VOUS ME REVOIR ?

Pouvez vous me revoir au moins dans mon image,
    Vous qui vivez là-bas, vous qui jadis m'aimiez.
Vous que je cherche encor sur ce désert rivage
        Où s'enchaînent mes pieds?

Qu'elle aille vous chercher ailleurs, à travers l'onde.
Plus heureuse que moi, qu'elle puisse vous voir !
Qu'elle vous dise un peu cette douleur profonde
        Que Dieu seul peut savoir.

Vous m'avez oublié dans vos forêts lointaines.
Les regrets d'autrefois ne vous tourmentent plus.
D'heureuses amitiés ont consolé vos peines
        Et mes pleurs sont perdus.

Quand vous penchant vers moi, naguère, comme un ange,
Vous vouliez me distraire et me voir réjoui,
Vous ne pressentiez pas quel cœur que rien ne change
        S'était épanoui.

Quand nous étions émus, nous que le vent rassemble,
Par ces récits de deuil et de départs lointains,
Nous ne devinions pas que nous pleurions ensemble
    Sur nos futurs destins.

Nous nous nommions amis et nous étions des frères.
La douleur aujourd'hui nous apprend un secret :
Nous étions deux enfants qui toujours solitaires
    Ont toujours un regret.

HARMONIE

A Miss B. T.

Oh! que me dis-tu, pauvre enfant,
Te rapprochant de moi, plaintive!
Si jeune et déjà si pensive,
Que regardes-tu sur la rive,
Qu'entend ton âme dans le vent?

Tu comprends le cœur du poëte.
Sachant que je sùis comme toi,
Tu veux te confier à moi.
Dans mon âme ton âme a foi.
Ton regard dans le mien s'arrête.

As-tu peur du temps à venir.
Que crains-tu, pauvre jeune fille?
Ne vois-tu pas Dieu qui nous brille?
Ne vis-tu pas dans ta famille
Où chacun veut ton avenir?

Tu sais vers quels bords on avance.
Nous nous séparerons bientôt.
Nous nous réunirons là-haut.
Ton âme qui, légère, éclot.
Sent déjà ce qu'est l'existence.

Et tu t'approches de mon cœur.
Plaintive tu chantes toi-même.
Et moi dans ma peine suprême,
Pour te consoler, car je t'aime,
Que chanterai-je à ta candeur ?

Oh ! la mélancolie est ma mère.
Je frémis quand souffle le vent.
Mon cœur est celui d'un enfant.
J'ai besoin d'un appui souvent.
Je suis une plante éphémère.

En contemplant cet univers,
Toi qui vas entrer dans la vie,
Tu portes ma mélancolie.
Mais regarde ! tout se confie
Au Père des êtres divers.

Comme toi souvent j'étais triste.
Quand j'ouvrais mes regards au jour.
Je me rapprochais à mon tour
Des cœurs sensibles, pleins d'amour,
Demandant pourquoi l'homme existe.

Mais bientôt le jour à tes yeux
Détruira ces charmants nuages
Et ces enfantines images
Qui sont les pâlissants mirages
Que l'âme conserve des cieux.

Tu seras joyeuse et riante,
Ton âme n'aura plus d'effroi,
Et tu t'éloigneras de moi,
Mais je me souviendrai de toi
Toujours dans ma earrière errante.

LA RIDE

ALORS que ma rame s'abaisse.
Voyez-vous la vague courir
Sur ce lac palpitant sans cesse ?
A la plage elle va mourir.

Comme le serpent qui s'éveille
Et se perd au bord du chemin.
Ainsi de cette eau qui sommeille
Une ride naît sous ma main.

Je la vois loin de ma nacelle,
Comme la nymphe en s'enfuyant,
S'éloigner transparente et belle
Et disparaître en souriant.

C'est une femme enchanteresse
Qui se pose devant mes pas,
Une vision qui sans cesse
M'apparaît sous tous les climats.

C'est la forme qui nous entraîne,
Sur les routes, pendant les nuits,
C'est une femme, la sirène
Qui nous a pour toujours séduits.

C'est l'image de l'existence.
Aussi l'homme sur son séant
Se redresse et soudain s'élance
Sur la scène du sort changeant.

Mais bientôt, bientôt, il s'efface
Sur cette terre de tombeaux,
Comme, lorsque ma barque passe,
La ride dans le sein des eaux.

CHILLON

Rien ne devait survivre à ce jour enchanté.....
Tout s'est évanoui, hors la réalité.
C'est ton seul souvenir qui sur les flots surnage.
Ce lac. cette prison brillent de ton image :
C'est toi qui remplissais le fond de ce tableau,
Et pour toi ce beau jour s'était miré dans l'eau.

SOUVIENS-TOI!

Souviens-toi de ce lac dont nous suivions les bords !
Rien ne réunira peut-être nos deux sorts,
        Rien ne nous voit, rien ne nous brille.
Mais ce lac qui connut toute notre amitié
Conserve encor pour nous un reste de pitié
        Et te pleure comme sa fille.

Un jour nous allions seuls, presque silencieux.
Nous avions devant nous l'immensité des cieux.
        L'avenir, le sort inflexible.
Nous voulions nous cacher nos propres sentiments.
Nous avancions distraits, et durant des moments,
        Converser nous était pénible,

Je devais rester seul sur ces bords, oublié.
Tu partais maintenant lorsque mon cœur lié
        Se reposait sur son amic.
Le long du bord aimé, nous allions pas à pas.
A peine entendait-on auprès de nous plus bas
        Murmurer la vague endormie.

Imprudemment un jour nous dûmes nous aimer.
Et maintenant. hélas ! qui peut nous ranimer.
   Quand notre amitié fut si grande !
Ces monts qui nous ont vus, ce ciel toujours couvert,
Parlent encor de toi ; dans ce vaste désert.
   Tout m'interroge et te demande.

REGRETS DE JEUNE FILLE

A Mlle Sch.

Naguère dans ma courte vie.
J'ai connu des sites meilleurs.
Mon cœur toujours s'envole ailleurs
Aux heures de mélancolie.

Je conserve maint souvenir
Dans le monde de ma mémoire.
Ces souvenirs ont fait ma gloire
Et seront mon seul avenir.

Naguère j'étais douce et belle.
Mon ami dans de lointains lieux
Me jurait l'amitié des cieux
Et l'amour de l'âme immortelle.

Au rayon des astres de feu,
Dans des barques fendant les ondes,
Nous contemplions les nuits profondes
Qui nous parlent au cœur de Dieu.

Et maintenant, dans la distance.
Où sont ces merveilleuses voix
Et les sourires d'autrefois
Et les songes de l'espérance ?

Comme un rêve. comme un beau jour,
Ainsi s'évanouit ma vie :
Je vais seule. feuille pâlie.
Où vont l'existence et l'amour.

DANS LE DÉSERT

L A vie en ces climats à flots coule en mon être.
Et je chante au Seigneur un hymne de nouveau.
Et n'est-ce pas assez de respirer et naître,
Pour te louer, Seigneur, comme le fait l'oiseau?

.   .   .   .

Je parle à cette femme, à ma voix attachée ;
Je l'instruis de nouveau de ce peu que je sais,
Cette fleur de mon âme, à mon âme arrachée,
Que sur mon sein flétri de larmes j'arrosais.

Je l'entretiens du ciel, de Dieu, de la nature.
Je l'entraîne avec moi dans cette obscurité.
Où s'enfonce à pas lents l'humaine créature.
Dans l'ombre de la vie et de l'éternité.

Son sourire si pur m'explique l'existence.
Me dit plus que ce ciel si profond, si voilé.
En moi s'épanouit une fleur d'espérance,
Quand j'entends cette voix qui calme un cœur troublé.

Elle seule a jeté ses regards dans mon âme.
Le fond de ma pensée, elle a tout contemplé,
Et n'a pas eu d'horreur, comme une simple femme,
Mais elle m'a tendu sa main et m'a parlé.

Oui ! je crois avec elle, auprès de notre mère,
M'enfermer pour jamais dans l'asile des bois ;
Et ma déception en devient plus amère
Quand je cherche à saisir ces deux célestes voix.

L'une s'est à jamais éteinte pour l'oreille.
L'autre, l'indifférent, l'écoute et l'indigent.
Car elle se prodigue et charitable veille,
Pour un prix plus solide et saint que de l'argent.

Elle seule aurait fait fleurir les fleurs de l'âme ;
Je me serais formé pour la gloire et pour Dieu.
J'aurais été béni ; j'aurais gardé la flamme,
Dont a besoin le cœur qui chante en ce bas lieu.

J'aurais gardé la foi, vu les tombes ouvertes,
Vu le mal à mes pieds sans jamais me troubler.
Je me serais assis aux solitudes vertes,
J'aurais laissé ma vie ainsi qu'un flot couler.

Mais tout a dû changer. Entraîné vers l'abîme,
Je vois avec envie où j'aurais pu m'asseoir.
Je vois où le bonheur brillait sur une cîme.
Je passais à côté, je n'ai pas su le voir.

Et je ne puis venir sur la route en arrière;
Je ne peux d'un seul mot changer tout mon destin;
Je ne peux recueillir la fleur dans la poussière.
Et ce bord enchanté toujours est plus lointain.

Toujours va s'effaçant l'oriental mirage.
Un silence au regret profond a succédé.
Maintenant, ce n'est plus qu'une lointaine image,
Et sous de nouveaux cieux mon astre m'a guidé.

TABLE

TABLE   93

.17.605. — Lyon, Imprimerie Bellon, 7, rue Molière.

Achevé d'imprimer

le trente-un août mil huit cent quatre-vingt-quinze

POUR

M. ALPHONSE LEMERRE

PAR

L'IMPRIMERIE BELLON

A LYON

www.ingramcontent.com/pod-product-compliance
Lightning Source LLC
Chambersburg PA
CBHW051143260626
47170CB00005B/1952